신영복

신 영 복 지 음

청소년이
읽 .. 는
우리수필

01

돌베
개

기획위원

김윤태 서울대학교 인문대학 국어국문학과 및 동 대학원 졸업(문학박사).
현재 한신대 대학원 강사. 민족문학사연구소 편집주간.
저서 : 『한국 현대시와 리얼리티』.

채호석 문학평론가. 서울대학교 인문대학 국어국문학과 및 동 대학원 졸업(문학박사).
현재 한국외국어대학교 사범대학 한국어교육과 조교수.
저서 : 『한국근대문학과 계몽의 서사』, 『문학의 위기, 위기의 문학』.

김경원 서울대학교 인문대학 국어국문학과 및 동 대학원 졸업(문학박사).
현재 서울대학교 강사. 홋카이도 대학 객원 연구원을 지냄.
논문 : 「1945~1950년 한국소설의 담론양상 연구」, 역서 : 『마르크스 그 가능성의 중심』 등.

신영복 —청소년이 읽는 우리 수필 01
신영복 지음

2003년 11월 22일 초판 1쇄 발행
2020년 2월 21일 초판 8쇄 발행

펴낸이 한철희 | 펴낸곳 돌베개 | 등록 1979년 8월 25일 제406-2003-000018호
주소 (10881) 경기도 파주시 회동길 77-20 (문발동)
전화 (031)955-5020 | 팩스 (031)955-5050
홈페이지 www.dolbegae.co.kr | 전자우편 book@dolbegae.co.kr

책임편집 김현주·김윤정 | 편집 김수영·박숙희·이경아
본문디자인 이은정 | 인쇄·제본 백산

ISBN 89-7199-169-0 04810
       89-7199-168-2 04810(세트)

책값은 뒤표지에 있습니다.

이 도서의 국립중앙도서관 출판시도서목록(CIP)은 e-CIP 홈페이지
(http://www.nl.go.kr/cip.php)에서 이용하실 수 있습니다.(CIP제어번호: CIP2003001507)

신영복

청소년이
읽..는
우리 수필

01

'청소년이_ 읽는_ 우리_ 수필'을_ 펴내며_

컴퓨터와 인터넷이 우리 삶 속으로 깊숙이 들어온 오늘, 책읽기는 한 켠으로 밀려난 듯합니다. TV나 영화 같은 영상매체가 우리의 감성을 지배한 지 이미 오래입니다. 또 전자 게임이나 애니메이션, 또는 VTR이나 DVD 영상매체 등이 특히 청소년의 정서나 감각에 지대한 영향을 미칩니다. 그래서 이른바 영상세대로 불리는 오늘날의 청소년은 문자보다는 이미지로 자신을 표현하는 데 더 익숙합니다. 그런 만큼 청소년들은 책을 통해 지식이나 정보를 얻는 것보다 영상을 통해 얻는 것이 더 편안하고 쉽다고 생각합니다. 그렇다고 청소년의 독서 능력이나 이해력이 곧바로 떨어진다고는 할 수 없지만, 아무래도 예전보다 책을 덜 읽는다는 사실은 부정하기 어려울 것입니다. 오늘날은 지식과 정보를 받아들이는 경로가 그만큼 다양해졌기 때문입니다.

이러한 상황에서 더욱 중요한 것은 정보의 처리 방식입니다. 어떤 경로를 통해 정보를 얻든, 그 정보를 체계화하고 논리화해야 할 필요가 있습니다. 그런데 정보의 체계화는 기본적으로 다양하고 풍부한 정보의 축적과 저장이 있어야 가능합니다. 다시 말해, 많이 보고 많이 듣고 많이 생각해야 한다는 것입니다. 이 말은 글쓰기의 3요소라 불리는 다독(多讀), 다작(多作), 다상량(多商量)과 비슷합니다. 그 중에서도 가장 기본은 많이 읽는 것입니다. 그만큼 독서가 중요합니다.

오늘날 청소년들은 입시 제도의 중압으로 고통받고 있습니다. 교과서 밖에 나오는 글이나 생각에 눈을 돌릴 겨를이 없다고 합니다. 입시에 필요한 지식과 정보만을 취할 뿐, 그외의 것에는 관심조차 두지 않는 실정입니다. 그러나 그렇게 얻은 지식은 눈앞의 목표에는 쉽게 이르게 할지 모르나, 광대하고 심오한 인류의 유산이나 새로운 미래의 세계를 이해하는 데는 별로 도움이 되지 않습니다. 그리고 궁극적으로는 자신을 좁은 세계에 가두고 맙니다. 폭넓은 독서를 통해 세상을 더 넓게, 더 깊게 이해하는 눈을 가져야 합니다. 우리는 이런 점에 주의를 기울이면서 청소년이 쉽고 재미있게 책과 친해질 수 있도록, '청소년이 읽는 우리 수필'을 기획했습니다.

많이 읽는 것도 좋지만, 좋을 글을 가려 읽는 일도 중요합니다. 세상에는 청소년들이 알아야 할 것이 너무도 많습니다. 하지만 그 가운데 어떤 것이 좋은가를 알아차리기는 쉽지 않습니다. 그만큼 독서의 방향과 내용(질) 또한 중요합니다. 개인의 취향이나 관심에 따라 읽으려는 자료와 그 내용이 저마다 다를 것입니다. 역사나 경제에 관심이 있는 사람이 있는가 하면, 과학이나 기술에 더 흥미를 느끼는 사람도 있습니다. 그러나 어떤 분야에 관심을 두든, 누구나 즐기고 또 알아두어야 할 것이 있습니다. 그것을 일컬어 흔히 '교양'이라고 하는데, 거기에는 아름다움, 지혜 혹은 진리나 선(善), 정의 등의 가치가 담겨 있습니다. '청소년이 읽는 우리 수필'을 통해 바로 이 같은 가치를 청소년들이 발견하고 느끼고 맛볼 수 있기를 기대합니다.

수필은 여러 문학 장르 가운데 누구나 쉽고 편하게 접근할 수 있는 장르입니다. 시나 소설, 드라마 같은 문학 장르들이 일정한 예술적 장치를 통해 우리 세상의 굽이굽이를 펼쳐 보여 주는 반면, 수필은 특별한 장치나 기교 없이 생활의 숨결과 느낌을 전해 주기 때문입니다.

이 기획은 우리 나라 근현대의 수필 작품들 가운데 가장 빼어나고 청소년의 눈높이에 맞는 글들을 가려 뽑아 작가별 선집 형태로 묶어 낸 것입니다. 여기에는 과거 일제 식민지 시대에 아름다운 문장으로 우리말과 글을 지켜 온 지식인 문인들도 있고, 비판적 지성과 실천적 행동으로 굴곡진 우리 현대사의 전개를 바로잡기 위해 애썼던 분들도 있습니다. 이들의 삶과 생각이 진솔하게 드러나 있는 아름다운 글과 문장이 오늘을 사는 청소년들의 가슴과 머릿속에 깊이 아로새겨지기를 희망합니다.

계속 좋은 수필과 좋은 문인들을 만날 수 있는 자리를 마련하도록 애쓰겠습니다.

2003년 10월
기획위원

차례

제2부 나는 걷고 싶다

제3부 어리석은 자의 우직함이 세상을 조금씩 바꿔 갑니다

일러두기

1. 이 책은 1969년에서 2001년 사이에 씌어진 신영복의 글들 가운데 청소년의 눈높이에 맞는 글들을 가려 뽑아 수록했으며, 각 글의 출처는 생략하였다.
2. 편지글의 경우 일부 원문에는 제목이 없었으나 이 책에서는 편의상 제목을 달았다. 편지글의 날짜는 생략하였다.
3. 청소년들의 이해를 돕기 위해 일부 단어는 한자를 병기하여 그 뜻을 명확히 하였다. 병기한 한자의 음이 한글과 다른 경우엔 〔 〕를 사용하여 구분하였다.
4. 내용상 뜻풀이나 보충 설명이 필요한 단어의 경우는 본문에 *를 표시하고 책 뒤에 용어 사전을 달아 이해를 도왔다.

'바람보다 먼저 눕고' 바람보다 먼저 일어나는 풀잎마다 발 밑에 한 줌씩의 따뜻한 땅의 채온을 쌓아 놓고 있습니다. 나는 이 무성한 잡초 속에 한 포기 키 작은 풀로 서서 몸 기대며 어깨를 짜며 꾸준히 박토를 배우고, 나의 언어를 얻고, 나의 방황을 끝낼 수 있기를 바랍니다. 폭설이 내린 이듬해 봄의 잎사귀가 더 푸른 법이라는데 이번 겨울은 추위도 눈도 없는 난동이었습니다. 입춘 지나 우수를 앞둔 어제 오늘이, 풍광은 완연 봄인데 아직은 믿음직스럽지 못합니다.

제1부 한 포기 키 작은 풀로 서서

청구회 추억

1966년 이른 봄철 서울대학교 문학회의 초대를 받고 회원 20여 명과 함께 서오릉으로 한나절의 답청踏靑* 놀이에 섞이게 되었다.

불광동 시내버스 종점에서 서오릉까지는 걸어서 약 한 시간 길이다. 우리는 이 길을 삼삼오오 이야기를 나누며 걸었다. 나도 4, 5인으로 한 덩어리가 되어 학생들의 질문에 가볍게 대꾸하며 교외의 조춘早春*에 전신을 풀어헤치고 민들레처럼 가벼운 마음으로 걷고 있었는데, 우리 일행과 앞서거니 뒤서거니 하며 같은 방향으로 걸어가고 있는 여섯 명의 꼬마 한 덩어리를 뒤늦게서야 깨닫게 되었다.

만일 이 꼬마들이 똑같은 교복이나 제복 같은 것을 입고 있었거나 조금이라도 더 똑똑한 옷차림을 하고 있었더라면 나는 좀더 일찍 이 동행인(?)들을 알아차렸을 것이다. 여남은* 살의 이 아이들은 한마디로, 주변의 시골 풍경과 소달구지의 바퀴자국이 두 줄로 패어 있는 그

황토길에 흡사하게 어울리는 차림들이었다.

　모표*도 달리지 않은 중학교 학생모를 쓴 녀석이 하나, 흰 운동모 자를 쓴 녀석이 또 한 명 있었던 것으로 기억된다. 운동모자는 여러 번 빨래한 것으로 앞챙 속의 종이가 몇 군데로 밀리어 챙의 모양이 원형과 사뭇 달라졌을 뿐 아니라 이마 위로 힘없이 처져 있었다. 그나마 흙때가 묻어서 새하얗게 눈에 뜨이지도 않는 것이었다.

　그 중에서 가장 나의 시선을 붙잡은 것은 털실로 짠 스웨터였다. 낡은 털실 옷의 성한 부분을 실로 풀어서 그 실로 다시 짠 것이었다. 색깔도 무질서할 뿐 아니라 몸통의 색깔과 양팔의 색깔이 같지 않고 양팔 부분도 팔꿈치 아래는 다시 달아낸* 것 같았다. 털스웨터의 녀석은 그래도 머리에 무슨 모자 비슷한 것을 뒤집어쓰기까지 했다.

　나는 이 똑똑치 못한 옷차림의 꼬마들로부터 안쓰런 춘궁春窮*의 느낌을 받았던 것으로 기억된다. 자주 우리들을 할끔할끔 뒤돌아보는 양이 자기들끼리는 몰두할 만한 이야기도 별로 없는 듯하였다.

　처음에는 서오릉 근처의 시골 아이들이 제 집으로 돌아가거니 하고 아무렇지도 않게 여겼다. 그러나 시간이 오전 아홉 시. 제가끔 제 집들에 있을 시간이라는 생각이 뒤늦게 들었다. 그리고 그 중의 한 녀석이 들고 있는 보자기 속에 냄비의 손잡이가 보였다. 이 여섯 명의 꼬마들도 분명히 우리 일행처럼 서오릉으로 봄소풍을 가고 있는 것이다.

나는 이 꼬마들의 무리에 끼어 오늘 하루를 지내고 싶은 생각이 들었다. 나는 내가 속해 있던 문학회원들의 무리에서 이 꼬마들의 곁으로 걸음을 빨리하였다.

나는 어린이들의 세계에 들어가는 방법을 누구보다도 잘 안다. 중요한 것은 '첫 대화'를 무사히 마치는 일이다. 대화를 주고받았다는 사실은 서로의 거리를 때에 따라서는 몇 년씩이나 당겨 주는 것이다. 그러므로 내가 꼬마들에게 던지는 첫마디는 반드시 대답을 구하는, 그리고 대답이 가능한 것이어야 한다. 만일 "얘, 너 이름이 뭐냐?"라는 첫마디를 던진다면 그들로서는 우선 대답해 줄 필요를 느끼지 않을 뿐만 아니라 오히려 놀림의 대상이 되었다는 불쾌감으로 일정한 간격을 유지하고 뱅글뱅글 돌아가기만 할 뿐 결코 대화가 이루어지지 않는다. 그러므로 나는 반드시 대답을 필요로 하는 질문을, 그리고 어린이들이 가장 예민하게 알아차리는 놀림의 느낌이 전혀 없는 질문을 궁리하여 말을 걸어야 하는 것이다.

이미 그들은 내가 그들 쪽으로 옮겨 오고 있음을 알고 제법 긴장들을 하고 있었다. 그것은 그들의 걸음걸이가 조금 빨라지고 자주 나를 돌아다보는 것으로 충분히 알 수 있었다. 그래서 나는 그들의 예상을 뒤엎고 그들을 앞질러 버릴 때까지 말을 건네지 않고 걸어갈 수밖에 없었다.

저쪽 산기슭의 양지에는 벌써 진달래가 피어 있었다. 나는 문득 생각난 듯이 꼬마들 쪽으로 돌아서며 "이 길이 서오릉 가는 길이 틀림없지?" 하고 그 첫마디를 던졌다. 이 물음은 그들에게는 전혀 부담이 없는 질문이다. '예' 또는 '아니오'로써 충분한 것이며, 또 그들로 하여금 자선의 기회와 긍지도 아울러 제공해 주는 질문이었다.

그들의 대답은 훨씬 친절한 것으로 나타났다. "네, 맞아요!"가 아니라 "네, 일루 곧장 가면 서오릉이에요"였다. 뿐이랴. "우리도 서오릉엘 가는 길이어요!" 반응은 예상보다 훨씬 좋은 것이었다.

허술한 재건복* 차림을 한 나에게 그처럼 친절한 반응을 보여 준 것은 아마 조금 전까지 나와 같이 함께 이야기 나누며 걷던 문학회 회원들의 말쑥하고 반반한 생김생김의 덕분이었으리라고 느껴졌다.

여하튼 서로 이야기를 주고받았다는 사실, 이 사실은 그 다음의 대화를 용이하게 해주게 마련이다. 그러나 우리의 대화가 그 다음 대목에서 뜻밖에 경화硬化되어 버릴 위험은 여전히 도사리고 있었다. 그래서,

"버스 종점에서 반쯤 온 셈인가?"

"아니요, 반두 채 못 왔어요."

"너희들은 서오릉 근처에 살고 있는 모양이구나."

"아니요, 문화동에 살아요."

"그럼 지금 문화동에서 여기까지 오는 길이냐?"

"네."

청구회 추억

"집으로 돌아가는 길을 잃어버리믄 어쩔려구."

"호호, 문제 없어요."

이렇게 하여 일단 대화의 입구를 열어 놓았다.

이제 더 깊숙이 이 꼬마들의 세계 속으로 발을 들여놓아야 한다.

신영균이와 독고성, 장영철과 김일의 프로 레슬링, 손기정 선수 등
의 이야기. 세종대왕, 을지문덕, 이순신 장군에 관하여 때로는 쉽게,
때로는 제법 어렵게 질문하면서 또 그들의 이야기를 성의 있게 들어
주면서 걷는 동안 우리는 상당히 친숙해질 수 있었다.

그들은 문화동 산기슭의 한 동네에서 살고 있다는 것, 오래전부터
자기들끼리 놀러 가기로 약속해 왔다는 것, 그래서 벼르고 별러서 각
자 왕복 버스 회수권 2장과 일금 10원씩을 준비하고 점심밥 해 먹을
쌀과 찬(단무지뿐이었음)을 여기 보자기에 싸 가지고 간다는 것, 자기
들 여섯 명은 무척 친한 사이라는 것 등을 알게 되었다.

너희들 여섯 명의 꼬마 단체에다 이름을 지어 붙이는 것이 좋지 않
겠는가고 제안하였더니, 이미 자기들도 그러한 이름 같은 것을 구상
해 두고 있는데 아직 결정을 내리지 못하였다는 것이다. 구상 중인 이
름으로는 '독수리'와 '맹호부대'의 둘이 있다는 대답이다. 독수리나
맹호부대보다 훨씬 그럴 듯한 이름 하나를 지어 주겠는가를 나한테
물어 왔다. 나는 쾌히 이를 수락하였다.

나와 이 가칭 독수리 용사들과의 첫번 대화는 대체로 성공적이었

다고 할 수 있었다. 우리는 어느덧 서오릉에 닿았고 이제 이 꼬마들
과 헤어져서 나는 학생들 틈으로 돌아왔다. 물론 이따가 한 번 더 만
나기로 약속해 두었다.

문학회원들과 함께 우리 일행은 널찍한 잔디밭에 자리를 잡고 둘
러앉아서 점심을 먹으며 놀고 있었다. 학생 중의 한 명이 잔디밭이 씨
름판에 안성맞춤이니 누구 한번 씨름내기를 해보자고 서두를 꺼내자
엉뚱하게도 내가 그 씨름의 상대로 지목되었다. 평소에 나한테 구박
을 한 번씩은 받은 녀석들이기 때문에 그들이 일제히 나를 지목하여
골려 보려는 저의는 잔디밭의 봄소풍에 썩 잘 어울리는 놀이이기도
하였다. 아마 나를 자꾸 귀찮게 끌어내려는 녀석이 권만식이었다고
기억이 되는데, 나는 그때 저쪽 능陵 옆에서 우리를, 특히 나를 지켜보
고 있는 예의 그 여섯 꼬마들의 얼굴을 발견하였다. 이 꼬마들도 나
의 곤경을 주시하고 있는 듯한 얼굴이었다.

나는 드디어 권군과의 씨름을 수락하고 만장*의 환호(?)를 받으며
잔디밭 한가운데서 맞붙잡았다. 권군은 몸집만 컸을 뿐 씨름에는 문
외한임을 당장 알 수 있었다. 나는 내리 두 번을 아주 보기 좋게 이겼
다. 내가 권군을, 그것도 두 번을 거푸, 보기 좋은 들배지기*로 이기는
광경은 천만 뜻밖의 일이 아닐 수 없었다. 그것뿐이랴. 뒤이어 상대
하겠다는 녀석도 보기 좋게 안다리로 넘겨 버렸다.

나의 응원단은, 저쪽 능 옆에서 상당히 걱정하였을지도 모르는, 그

꼬마 응원단은 분명히 쾌재를 불렀을 것이다. 꼬마들은 물론이고 문학회 학생들도 나의 숨은 씨름 솜씨를 알 턱이 없다. 연구실에서 그저 밤낮 책이나 들고 앉아 있는 선배로 알려졌을 뿐이니 놀라운 발견이 아닐 수 없었다.

나는 이제 나의 응원단석(?)으로 개선하고 싶은 생각밖에 없다. 그래서 꼬마들이 보지 않게 과일과 과자 등속*을 싸 가지고 일어섰다. 흡사 전리품 실은 개선장군처럼 나는 우리 꼬마들의 부끄러운 영접을 받았다. 나를 자기들 편 사람으로 간주해 주는 그들의 푸짐한 칭찬, 그것은 무척 어색하고 서투른 표현에도 불구하고 가식 없는 진정이었다.

나는 우선 씨름 가르치는 것에서부터 꼬마들과 어울리기 시작하여 둘씩 둘씩 씨름을 시키고 있는데, 저쪽에서 문학회 학생 한 사람이 카메라를 들고 달려왔다. 기념 촬영을 해주겠단다.

우리는 능 앞의 염소같이 생긴 석물石物 곁에 섰다. 꼬마 여섯 명을 그 돌염소 잔등에 나란히 올라앉게 하고 나는 염소의 머리 쪽에 장군(?)처럼 서서 사진을 찍었다. 그리고 능 뒤쪽의 잔디밭에서 노래도 부르고 내가 싸 가지고 간 과자와 사과를 나누어 먹으며 한참 동안 놀고 난 후에 나는 꼬마들과 헤어졌다.

얼마나 지났을까. 내가 문학회 학생들과 둘러앉아 이야기에 열중하고 있는데 약 30미터쯤 떨어진 저쪽 소나무 옆에 꼬마들이 서 있음을 알려 주었다. 벌써 집으로 돌아갈 차림이다. 아마 나와 작별 인사를 나누기 위하여 기회를 노리고 있는 참인가 보았다. 내가 그들에게 뛰어가자 그들은 이제 돌아가는 길이라고, 그래서 사진이 나오면 한 장 보내 달라고 부탁하였다.

나는 그들 중의 중학생 모자를 쓴 조대식 군의 주소를 나의 수첩에 적고, 나의 주소(숙명여대 교수실)를 적어 주었다. 그리고 그때 그들로부터 한 묶음의 진달래 꽃을 선물(?)받았다. 지금도 나의 기억 속에서 가장 밝은 진달래 꽃빛은 항상 이때에 받았던 진달래 꽃빛이라고 생각하고 있다. 그들은 국민학생답게 일제히 머리를 숙여 인사를 하고 (물론 모자도 벗고) 헤어졌다.

가칭 '독수리 부대'이며, 옷차림이 똑똑치 못한 이 가난한 꼬마들과의 가느다란 인연은 이렇게 봄철의 잔디밭에서 진달래 맑은 향기 속에 이루어졌다. 이 짧은 한나절의 사귐을 나는 나대로의 자그마한 성실을 가지고 이룩한 것이었다. 나와 동행하였던 문학회 학생들은 아마 그날의 내 행위를 한낱 '장난'으로 가볍게 보았을 것이 사실이며 또 나의 그러한 일련의 행위 속에 어느 정도의 장난기가 섞여 있었던 것이, 싫기는 하지만 사실일지도 모른다.

그러나 마지막으로 나와 헤어질 때의 일……. 진달래 한 묶음을 수줍은 듯 머뭇거리면서 건네주던 그 작은 손, 그리고 일제히 머리 숙여 인사를 하는 그 작은 어깨와 머리 앞에서 나는 어쩔 수 없이 '선생님'

이 아닐 수 없었으며, 선생으로서의 '진실'을 외면할 수는 도저히 없었던 것이다.

이처럼 그날의 내 행위가 결코 '장난'이 아니었음에도 불구하고, 또 상당히 무구無垢한* 감명을 받고 헤어졌음에도 불구하고, 나는 곧 그들을 잊고 말았다. 그들을 까맣게 잊고 말았다는 사실, 그것이 그날의 나의 모든 행위가 실상은 한갖 '장난'에 불과했었다는 것을 반증하는 것일 수도 있는 것이다.

서오릉 봄소풍 날로부터 약 15일이 지난 어느날, 숙명여대 교수실에서 강의 시작 시간을 기다리고 앉아 있는 나에게 정외과의 조교가 세 통의 편지를 가지고 왔다. 편지를 건네주면서 "참 재미있는 편지 같아요"라는 웃음 섞인 말을 던지더니 내가 편지를 개봉하면 어깨너머로라도 좀 보고자 하는 양으로 떠나지 않는다. 그 조교가 "참 재미있는 편지" 같다고 한 이유는 겉봉에 쓴 글씨가 무척 서툴러서 시골 국민학교의 어느 어린이로부터 온 듯할 뿐 아니라, 또 잉크로 점잖게 쓰려고 노력한 흔적이 역력하다는 점에 있었을 것이다.

조대식, 이덕원, 손용대 세 녀석이 보낸 편지였다. 이 녀석들이 바로 '독수리 부대' 용사들이라는 것은 겉봉에 적힌 '문화동 산 17번지'를 읽고 난 뒤에야 알 수 있었다.

"꼬마 친구들에게서 온 편지"라는 짤막한 말로써 그 편지를 전해 준 조교의 질문과 호기심에 못을 박아 버린 까닭은 내가 그 편지로 말미암아 무척 당황하였기 때문이었다.

　이 편지는 분명히 일침 針의 충격이며 신랄한 질책이 아닐 수 없었다. 나보다도 훨씬 더 성실하게 그날의 일들을 기억하고, 또 간직하고 있었구나 하는 나의 뉘우침, 그 뉘우침은 상당히 부끄러운 것이었다.

　편지는 세 통이 모두 똑같은 내용을, 똑같은 잉크와 펜으로 쓴 것이었는데 아마 한 자리에서 서로 의논하여 손용대는 이덕원의 것을, 이덕원은 조대식의 것을, 조대식은 또 손용대의 것을 서로 넘겨다보며 쓴 것이 틀림없었다. 선생님을 사귀게 된 것을 기쁘게 생각한다는 것, 자기들 단체의 이름을 지었으면 알려 달라는 것, 그때 찍은 사진이 나왔느냐는 것, 그리고 건강하시기를 두 손 모아 빈다는 것 등이 적혀 있었다.

　그 소풍 이후 약 보름 가량을 나는 그들을 결과적으로 농락해 오고 있었으며, 그날의 내 행위 그것마저도 결국 어린이들에 대한 무심한 '장난질'이 되어 버린 듯한 느낌이 왈칵 나의 가슴 한 모서리에 엉키어 왔다.

　나는 강의가 끝나는 대로 즉시 서울대학교로 달려갔다. 그때 카메라로 사진을 찍었던 학생(송승호 아니면 이해익으로 기억된다)을 찾았다. 필름이 광선에 노출되어 못쓰게 되어 버렸단다. 사진이라도 가지면 나는 나의 무성의한 소행을 조금이나마 만회할 수 있으리라고 생각한 것이 사실이다. 이제는 솔직히 그들에게 사과하는 길밖에 없다.

엽서를 띄웠다.

"이번 토요일 오후 다섯 시, 장충체육관 앞에서 만나자."

토요일 오후 다섯 시, 장충체육관 앞의 넓은 광장에서 우리 일곱 명은 옛 친구처럼 반가이 만났다. 그러나 이미 한 시간 전부터 나와서 기다리고 있었다는 이 녀석들의 '정성' 앞에서 나는 또 한번 민망스럽고 초라할 수밖에 없었다. 한 시간이나 먼저 와 있었다는 사실이 무모한 시간의 낭비라고 생각되기는커녕 그들의 진솔함이 동상처럼 높이 올려다보이는 것이었다.

이때부터 우리는 매월 마지막 토요일 오후 6시에 장충체육관 앞에서 만나기로 약속하였다. 이 약속은 1968년 7월 내가 구속되기까지 매우 충실하게 이행된 셈이다.

다만 만나는 시간이 조금씩 일러지는 기현상(?)을 연출한 일이 한두 번이 아니었다. 약속 시간이 오후 6시임에도 불구하고 이 녀석들은 꼭꼭 5시부터 나와서 기다리는 것이다. 그래서 나도 약 30분 가량 일찍 나타나서 5시 30분에 만나게 되면 이제는 4시 30분부터 나와 있는 것이다. 그러면 다시 내 쪽에서 30분쯤 더 일찍 나오지 않을 수 없게 되어 결국 6시에 만나자는 약속은 에스컬레이션*을 거쳐 어느덧 5시로 변해 버리고 마는 것이다. 그제야 우리는 군축회담이나 하듯 다시 6시로 되돌아갈 것을 결의하고 6시로 되돌아가면 다시 동일한 에스컬레이션을 거쳐서 다시 5시에 만나게 되곤 하는 것이었다.

우리들이 만나서 하는 일이란, 무슨 할 일을 만드는 일 외에 아무 것도 없었다. 그저 만나서 서로 그동안 있었던 일들을 이야기 나누는 그런 사소한 일에 불과하지만 그저 만난다는 사실 그것이 그냥 좋을 뿐이었다. 괜히 자기들끼리 시키지도 않은 달음박질 내기를 해보이기도 하고, 광장 가장자리의 난간에서 서로 떨어뜨릴 내기를 하거나, 모자를 뺏어서 달아나기를 하는 것들이 고작이었다.

10원에 5개씩 주는 아이스케이크를 나누어 먹으며 우리는 난간 부근에서 약 한 시간 가량을 보내고 약수동 고개를 넘어 문화동으로 올라가는 입구까지 걸어가서 내가 버스를 탐으로써 헤어지곤 하였다.

두번째인가 세번째 모임에서 우리는 상당히 건설적인 합의를 보았다. 문화동 입구의 작은 호떡집에서 '문화빵'*(10원에 3개)을 앞에 놓고 매달 10원씩의 저금을 하자는 약속을 한 것이었다. 6명이 10원씩을 모으면 60원, 거기다 내가 40원을 더하여 매달 100원씩의 우편저금을 하기로 하였다. 수금과 예금 및 통장의 보관은 이규한 군이 책임지기로 하였다.

한 달에 100원씩이라 하더라도 1년이면 1,200원, 10년이면 12,000원이다. 우리는 그때 10년까지 계산해 보았다고 기억된다. 그날은 공책을 한 권 사서 그것을 우리의 회의록 겸 장부로 사용하기로 하였다. 특기해야 할 사실은 매월 저금하는 10원은 반드시 자기 손으로 번 것이어야 한다는 것을 결의하였다는 점이다.

청구회 추억

한 달에 10원 벌이는 자신만만하단다. 물지게를 져다 주기, 연탄을 날라다 주기 등 산비탈 동네에 사는 어린이들이 끼어들 수 있는 노력 봉사의 사례금이 우리의 수입원인 셈인데, 더러는 아버지나 어머니 또는 집안 식구들의 심부름값이 섞여 있는 것도 어쩔 수 없는 우리들의 고충이었다.

이렇게 하여 쌓인 우리의 저금은 내가 구속되던 1968년 7월까지 2,300원이 되리라고 기억된다. 내가 육사에서 군사 훈련을 받던 1966년 6월과 7월 두 달, 그리고 67년 2월 수도육군병원에 입원해 있던 한 달, 그리고 그외에 한두 번 가량 적금되지 않았으며, 그 대신 언젠가 내가 받은 원고료 수입에서 그동안의 부족액 약 300원 정도를 불입* 한 적이 있었다. 그리고 조대식인가 이규승인가 자기의 무슨 수입 중에서 20원 가량 초과 불입한 일도 있었다.

1966년 9월 우리 '청구회' 青丘會 회원 중 2명이 교체되지 않을 수 없었다. 집이 이사를 간 것이다. 한 사람은 청량리로, 또 한 사람은 용산 어디인가로 이사를 갔다. 비록 이사는 하였지만 모임이 있는 날에는 장충체육관 앞에 나오겠다고 다짐을 두고 떠나갔는데 두 번 거푸 결석(?)을 하였다.

언젠가는 청량리로 이사간 이대형이 문화동으로 놀러 와서 자기도 청량리에서 친구들을 모아 회會를 만들어서 선생님의 참석을 부탁할 작정이라는 각오를 피력한 사실이 있다는 것을 듣기는 하였으나 그후 영영 이대형 군의 소식은 끊어지고 말았다.

　우리는 2명의 결원을 충원하기로 합의하였다. 그런데도 10월의 모임 때 여전히 충원되지 않고 4명만 모였다. "요사이는 좋은 아이가 참 드물다"는 것이 그들의 이유였다. 다음 달까지는 꼭 '좋은 아이'를 구하여 충원하기로 하였다. 그러나 그 다음 달에도 역시 4명밖에 모이지 않았다. 좋은 아이 둘을 구하기는 구하였다는 것이다. 그러면 왜 오늘 참석하게끔 하지 않았느냐는 나의 물음에 비실비실 머리를 긁적이더니 오늘 나오기는 나왔다는 것이다. 어디 있느냐고 물었다. 저기 저쪽 길 옆의 전봇대 뒤에 서 있는 아이가 바로 그 아이들이라는 것이다.

　과연 길 저편의 전봇대 뒤에 꼬마 둘이 서 있었다. 우리들의 시선이 그들에게로 쏠리자 그 두 명의 꼬마는 무슨 잘못이라도 저지른 사람같이 전봇대 뒤로 몸을 숨기고 있는 것이 아닌가. 나는 그 두 명의 아이가 틀림없이 '좋은 아이'라고 생각했다. 전봇대 뒤에 숨어서 기다리고 있는 그들의 마음씨야말로 딱할 정도로 착한 것이 아닐 수 없다.

　전봇대 뒤에 있는 두 명의 신입회원을 이리로 데려오기 위하여 4명의 꼬마가 모두 달려갔다. 내가 이 두 명의 꼬마와 악수를 하고 나자 그제야 이 두 명에 대한 칭찬과 자랑을 늘어놓기 시작하는 것이다.

　나는 처음부터 신입회원의 자격을 심사하거나 가입을 거부할 수 있는 권한이 없는 입장에 놓여 있기 때문에 다만 새로 온 두 명의 꼬마 친구와 인사를 하는 것이 고작임에도 불구하고 이들의 표정은 그것이 무슨 커다란 관문의 통과나 되는 것으로 여기는 모양이었다.

그날 우리는 신입회원의 환영회를 벌이기 위하여 예의 그 호떡집으로 갔다. 나는 100원어치의 문화빵을 샀다. 신입회원 중의 한 명은 이규한의 동생 이규승이었고 또 한 명은 반장집 아들 김정호였다.

우리는 열심히 모였다. 비가 오는 날이면 장충체육관의 처마 밑과 층층대 밑에서 만났으며 겨울철에도 거르는 일 없이 만났다. 회의 명칭도 꼬마들의 학교 이름을 따서 '청구회'青丘會라고 정식으로 명명하였다.

청구회가 가장 힘을 기울인 것은 역시 독서였다. 나는 매월 책 한 권씩을 회의 도서로 기증하였으며 회원 각자도 책을 한 권씩 모았다. 그리하여 '청구문고'를 만들 작정이었다.

『아아 무정』, 『집 없는 천사』, 『로빈 후드의 모험』, 『거지왕자』, 『플루타크 영웅전』, 『소영웅』…… 등의 책을 읽었다. 청구회의 모임은 한 달에 네 번인 셈이다. 매주 토요일에는 자기들끼리 모여서 내가 추천한 책을 번갈아 가며 낭독하였기 때문이다. 그리고 매월 마지막 토요일에는 그들의 독후감을 이야기하게 하고 거기에 곁들여 비슷한 이야기를 내가 들려주기도 하였던 것이다. 그리고 가끔 호떡집에 자리를 옮겨서 한 사람 한 사람의 걱정과 어려운 일을 서로 상의하기도 하였다.

당면한 걱정 역시 중학교 진학 문제였다. 그러나 그것은 중학교에 진학할 경제적 여유가 없기 때문에 생기는 걱정이라는 점에서 실은 진학 문제라기보다는 사회 진출 문제라고 해야 하는 것인지도 모른다. 우리들의 결론은 대체로 1, 2년 뒤에 야간 중학에 입학하거나 또는 자격검정고시를 치르고 바로 고등학교(야간)에 진학하는 것이었다.

1968년 7월까지 중학교에 진학한 회원은 조대식 1명밖에 없었으며 또 이덕원 군이 자전거포에 취직이 되었을 뿐이었다. 이덕원 군이 자전거포에 취직함에 따라 우리의 모임도 마지막 토요일에서 첫번째 일요일로 변경하지 않을 수 없었다. 첫째와 셋째 일요일이 이덕원 군의 휴일이기 때문이었다.

독서 이외에 청구회 회원들이 한 일들도 제법 다채로운 것이었다. 이를테면 우선 동네의 골목을 청소하는 일을 들 수 있다. 나는 그들이 한 달에 몇 번씩 자기 동네의 골목을 쓸었는지 정확히 알고 있지는 않다. 그러나 여름철과 겨울 방학 때는 매주 2, 3회씩이나 골목을 청소한 것으로 기억하고 있다.

그 다음으로는, 겨울철에 얼음이 얼어서 미끄러운 비탈길을 고쳐 놓는 일이다. 땅에 박힌 얼음을 파내고 그곳을 층층대 모양으로 만드는 일을 하였다. 그리고 봄철이 가까워 땅이 녹아 질펀하게 미끄러워진 때에는 그런 곳에다 연탄재를 덮어서 미끄럽지 않도록 만드는 일도 하였다.

나는 물론 이러한 일들에 참여하였거나 그들의 업적을 직접 확인한 일은 한 번도 없다. 당시 나는 종암동 산 49번지에 살고 있었기 때문이었다.

그 다음으로는, 내가 추천하지도 않은 일인데 그들은 여름철이면 새벽같이 일어나서는 남산 약수터까지 마라톤을 하였다. 66년 여름과 67년 여름 새벽을 줄곧 뛰었던 것이다.

내가 이 청구용사들을 잊을 수 없는 일이 하나 있는데 그것은 1967년 2월 내가 수도육군병원에서 담낭 절제 수술을 받고 입원하고 있을 때의 일이다. 그 달의 모임에 참석할 수 없노라는 사연을 간단히 엽서로 띄우면서 혹시라도 병원으로 문병 오지 않도록, 곧 퇴원하게 될 테니까 절대로 찾아오지 말 것을 부탁하였다. 그래서 그 꼬마들은 내가 퇴원할 때까지 다행히 병원에 오지 않았었다.

그러나 다음 달에 우리가 만났을 때 그들이 두 번이나 찾아왔다가 두 번 모두 위병소*에서 거절당하였음을 알았다. 그것도 삶은 계란을 싸 가지고 왔었단다. 더욱이 나이가 제일 어린 이규승이는 평소에 같이 걸어갈 때에도 내 팔에 매달리며 걸었는데 한 번은 저 혼자서 병원까지 왔다가 돌아갔다는 것이었다.

물론 삶은 계란은 자기들끼리 나누어 먹었겠지만 그들이 그렇게 벼르고 별렀던 서오릉 소풍 때에도 계란을 싸 가지고 갈 수 없었던 가난한 형편을 생각하면 결코 잊을 수 없는 일이 아닐 수 없다. 그들은 문화동에서 멀리 병원까지 걸어서 왔다가 걸어서 돌아간 것이었다.

내가 이들로부터 꼭 한 번 선물을 받은 적이 있다. 66년 크리스마스 때였다. 카드 한 장과 금관담배* 한 갑이 그것이다. 아마 이 선물을 위하여 일인당 10원씩을 거두었던 모양이었다. 왜 내가 그것을 짐작할 수 있었는가 하면 손용대와 이덕원의 표정에는 자기 몫을 내지 못한 침울한 심정이 너무나 역력하였기 때문이다. 나는 크리스마스 때 선물이나 카드를 주고받지 않기로 하였던 지난 달의 결정을 상기시키고 다시는 이런 낭비(?)를 하지 않기로 의견을 모았다. 이러한 우리의 결심이 크리스마스를 기다리던 어린이들에게 어느 정도로나 수긍이 갔었는지, 그리고 몫을 내지 못한 두 어린이의 침울한 심정이 과연 얼마나 위로되었는지 매우 쓸쓸한 기억밖에는 없다.

나는 카드 대신 1월 1일경에 이들에게 배달되도록 날짜의 여유를 두어서 사관학교의 그림엽서 한 장씩을 우송하였다.

1967년 6월 나는 수술 후 완전히 회복되었기 때문에 4월부터 미루어 온 봄소풍을 가기로 약속하였다. 이미 6월이 되어 여름소풍이 되어 버린 셈이지만 우리는 이 소풍을 위하여 여러 차례 의논을 하였으며 오래전부터 마음을 설레어 온 터였다. 우리는 이번 소풍이 전번보다 더 풍성하고 유쾌한 것이 되도록 청구회 외에 다른 그룹도 참가시키기로 결정하였다. 목적지를 이번에는 '백운대' 계곡으로 정하고 다른 그룹에 대한 교섭은 물론 내가 책임을 맡았다.

처음에 나는 다른 꼬마들을 참가시킬까 생각하다가 곧 그런 생각을 취소하였다. 청구회 회원들이 주인이 된 소풍에 또 다른 꼬마들이 곁든다는 것은 그 손님이 된 꼬마들이 비록 세심한 배려를 받는다고 하더라도 어색하고 섭섭하지 않을 수 없기 때문이었다.

그래서 우선 내가 지도하고 있던 이화여자대학교의 세미나 서클 '청맥회'에서 청구회의 내력과 봄소풍 계획을 피력하여 열렬한(?) 동의를 얻는 데 성공하였다. 그리고 나서 나는 육군사관 생도들을 참가시키기로 작정하였다. 육사 생도들의 화려한 제복과 반듯한 직각의 동작은 평소 우리 꼬마들의 선망의 대상이 되어 왔기 때문이었다. 나는 당시 10주의 훈련을 거쳐 육군 중위로 임관*하여 육군사관학교 교수부에서 경제학을 강의하고 있었다.

66년 임관 직후 내가 예의 그 허술한 국민복 상의를 벗어 버리고 정복 정모에 계급장을 번쩍이면서 장충체육관 앞에 나타났을 때 청구회 꼬마들이 큰 눈으로 신기해 하고 자랑스러워 하는 품*이란 그대로 흐뭇한 한바탕 축하회였다.

그날 나와 꼬마들이 옆으로 늘어서서 이야기를 주거니 받거니 걸어가는데 저만큼에서 육군 병사 한 명이 차렷 자세로 내게 경례하였다. 그 병사가 구태여 걸음을 멈추고 차렷 자세로 정식 경례를 한 마음씨가 짐작할 만하였다. 그 광경을 목격한 이 꼬마들의 뛸 듯이 기뻐하는 모습이라니. 나도 으쓱해지려는 치기*를 어쩔 수 없었던 터였다. 이번 봄소풍에 육사 생도들을 참가시키자는 것은 오히려 꼬마들 쪽에서 먼저 얘기를 꺼낸 것이기도 하였다.

나는 3학년 경제학원론 강의를 빨리 진행하여 일찍 마친 다음 생도들에게 청구회의 봄소풍 작전을 공개하여 그 참가를 희망하는 생도는 강의가 끝난 후 경제학과 교수실로 와서 신청하도록 광고(?)하였다. 상당히 광범한 반응이 일었다. 이처럼 많은 희망자가 쏟아져 나왔다는 사실을 나는 결코 이화여대의 '청맥회'가 동행하기 때문이라고 생각하지는 않았다. 청구회에 얽힌 몇 가지 에피소드만으로도 충분히 호감이 가는 소풍이 아닐 수 없었다. 다른 생도들보다 비교적 일찍이, 그것도 6명이 단체로 신청한 생도들과 약속하였다. 그후 많은 생도들의 신청을 무마하여 다음 기회로 미루어 돌려보내느라 상당히 오랫동안 고역을 치렀다.

이렇게 하여 우리의 봄소풍 일행은 최종적으로 그 인원이 확정되었다. 청구회 6명, 청맥회 여학생 8명, 육사 생도 6명 그리고 나 이렇게 21명이었다. 그리고 각 참가 그룹별 책임을 분담하였다. 책임이란 소풍에 필요한 점심과 간식에 소요되는 최소한의 준비였는데 이 분담도 참가 신청 이전에 이미 참가의 조건으로 제시된 바 있었기 때문에 그것을 다시 상기시켜 잊지 말도록 하는 것일 뿐이었다. 여학생들은 점심식사에 필요한 주식과 부식의 준비, 육사 생도들은 과자와 간식의 준비, 그리고 청구회 꼬마들은 주빈답게 아이스케이크 30개 값을 지참하는 정도로 그저 체면 유지(?)에 그친 것이었다.

이 아이스케이크 값도 그날 목적지에 도착하기도 전에 동이 나고 말았지만, 마침 다들 목이 마를 때 다른 그룹들보다 먼저 선수를 쳤기 때문에 상당한 갈채를 받았다는 점에서 그 비용에 비하여 효과는 지극히 훌륭한 것이었다.

1967년 6월 ○일 일요일 오전 10시 30분. 우리 일행은 수유리 버스종점에서 모이기로 하였다. 나는 9시 30분에 문화동 입구 청구국민학교 앞에서 꼬마들과 만나서 시내버스를 두 번 갈아타고 수유리 종점에 도착하였다.

먼저 와서 기다리고 있던 여학생들과 사관 생도들은 우리의 도착으로 비로소 그들이 오늘의 동행인들이라는 사실을 알게 되었다. 나는 먼저 그들의 책임 준비물을 점검하였다. 초과 달성이었다. 주·부식을 분담하였던 여학생들에게서 딸기, 과자 등속이 지참되고 있었는가 하면 생도들의 짐 속에는 '쌀'까지 들어 있었다. 일요일에 등산 또는 소풍 가는 생도는 학교로부터 쌀의 정량을 지급받을 수 있기 때문에 악착같이(?) 타 왔단다.

이날 청구회 회원들은 여학생들과 사관 생도들로부터 대단한 우대를 받았다. 가난한 옷차림을 낮추어 보는 시선도 없었고, 가난한 옷차림을 부끄러워하는 마음의 구김새도 없이 '신나게' 놀았던 하루였다. 육사 생도들은 육군사관학교로 꼬마들을 초대하겠다는 약속을 하였고, 여학생들은 '청구문고'에 도서를 기증하겠다는 약속을 했다. 오후 5시경 수유리 종점에서 헤어질 때까지 우리는 줄곧 의젓하게(?) 처신하면서 청구회의 위신을 손상시킴이 없도록 자제하기도 하였다. 그래서였던지 그후 동행인들로부터 각종의 찬사와 격려를 받았다.

우리는 계속 부지런히 장충체육관 앞에서 만났고 엽서와 편지를 주고받아 가며 우리의 역사를, 우리의 애정을 키워 왔던 것이다.

지금 옥방에 구속된 몸으로 이 글을 적으면서도 애석하고 마음 아픈, 이른바 실패의 기억처럼 회상되는 일이 하나 있다.

1968년 1월 3일에 청구회 꼬마들을 우리집으로 초대하여 간소한 회식을 갖자고 제의하여 이들의 승낙을 받았다. 그러나 약속 날인 1월 3일 12시 동대문 체육관 앞에는 한 사람도 나타나지 않았다. 나는 이들의 초대를 위하여 어머니에게 이들의 면면을 말씀드려 '회식'의 준비에 각별한 애정을 느끼게끔 미리 터를 닦아 놓기까지 하였던 터였다.

12시부터 약 1시간 40분 동안 추운 버스정류장에서 이들을 기다렸다. 처음 한 시간은 12시 약속을 1시 약속으로 착오하고 있을지도 모른다는 생각으로, 그리고 그후 40분은 도중에 무슨 일로 좀 늦어질지도 모른다는 마음으로 기다렸다. 1시간 40분을 행길가에 서서 기다렸다. 흔히 약속 시간보다 1시간씩이나 일찍 나타나곤 하던 이 녀석들의 특유의 버릇을 생각하여 근처의 담뱃가게에 소상히 문의해 보는 일도 잊지 않았다.

나는 어깨를 떨어뜨리고 집으로 돌아와서 어머님의 실망을 위로하여야 하였다.

나는 지금도 그때 그들이 약속을 지키지 않았던 까닭을 정확히 모르고 있다. 사실은 그들이 나오지 않은 이유 자체가 심히 모호한 것이기도 하였다. 어쩌면 나에게 폐를 끼치는 일이라고 생각해서였는지 아니면 부모들로부터 역시 같은 이유로 금지당하였는지 그들의 대답과 표정은 끝내 모호하였을 뿐이었다. 결국 분명한 해명이 없는 채 그대로 지나치고 말았다.

바로 이 점에 나의 고충이, 그리고 그들 쪽에도 하나의 고충이 있었는지도 모른다. 이러한 종류의 미묘한 심리적 갈등이 한두 번, 그나마 가볍게 노출되었던 것 외에 무슨 다른 어려움이 있었던 것은 아니었다.

다만 중학교를 진학하지 못하고 고작 검정고시로 가난한 마음을 달래고 있는 이들에게 중학교의 입학금과 학비를 내가 조달해야 하는가 하는 문제가 나를 상당히 우울하게 하였다. 이 문제에 관하여 나는 감상적으로 되는 나를 애써 경계하면서 이러저러한 논리를 갖추어 이성적으로 판단해야 한다고 다짐하면서도, 문득문득 눈앞에 서는 이 국민학교 '7학년', '8학년'의 위축된 모습에서 여러 차례에 걸쳐 번민하지 않을 수 없었다.

매달 100원씩 붓는 우리들의 우편저금이 먼 훗날 어떠한 형식으로

이 잃어버린 중학 시절의 공허와 설움을 보상해 줄 수 있겠는가.

1966년 이른 봄철 민들레 씨앗처럼 가벼운 마음으로 해후하였던 나와 이 꼬마들의 가난한 이야기는 나의 급작스런 구속으로 말미암아 더욱 쓸쓸한 이야기로 잊혀지고 말 것인지…….

중앙정보부에서 심문을 받고 있을 때의 일이다.

'청구회'의 정체와 회원의 명단을 대라는 추상같은* 호령 앞에서 나는 말없이 눈을 감고 있었다. 어떠한 과정으로 누구의 입을 통하여 여기 이처럼 준열하게* 그것이 추궁되고 있는가. 나는 이런 것들을 아랑곳하지 않았다.

나는 8월의 뜨거운 폭양 속에서 아우성치는 매미들의 울음소리만 듣고 있었다. 나는 내 어릴 적 기억 속의 아득한 그리움처럼 손때 묻은 팽이 한 개를 회상하고 있었다. 그리고 조용히 답변해 주었다. '국민학교 7학년, 8학년 학생'이라는 사실을.

그후 나는 서울지방법원 8호 검사실에서 또 한번 곤혹을 느끼지 않을 수 없었다.

"이것이 '청구회 노래'인가?"

검사의 반지 낀 손에 한 장의 종이가 들려져 있었다. 거기 내가 지은 우리 꼬마들의 노래가 적혀 있었다.

겨울에도 푸르른 소나무처럼

우리는 주먹 쥐고 힘차게 자란다.
어깨동무 동무야 젊은 용사들아
동트는 새아침 태양보다 빛나게
나가자 힘차게 청구용사들.

밟아도 솟아나는 보리싹처럼
우리는 주먹 쥐고 힘차게 자란다.
배우며 일하는 젊은 용사들아
동트는 새아침 태양보다 빛나게
나가자 힘차게 청구용사들.

여기서 '주먹 쥐고'라는 것은 국가 변란變亂을 노리는 폭력과 파괴를
의미하는 것이 아닌가 하는 심각한(?) 추궁을 받았다. 사회주의 혁명을
위한 폭력의 준비를 암시하는 것이 아닌가 하는 끈질긴 심문이었다.
내가 겪은 최대의 곤혹은 이번의 전 수사 과정과 판결에 일관되고
있는 이러한 억지와 견강부회*였다. 이러한 사례를 나는 법리 해석의
문제로 이해하는 것이 아니라 정치 권력 그 자체의 가공할 일면으로
이해하고 있는 것이지만 이는 특정한 개인의 불행과 곤혹에 그칠 수
있는 사소한 문제가 아니라는 점에서 심각한 사회성이 복재伏在*하고
있는 것이다.

그리고 마지막으로 나는 군법회의에서 이 '청구회 노래'의 가사를 읽도록 지시받고 '청구회'가 잡지사 '청맥사'를 의식적으로 상정하고 명명한 이름이 아니냐는 '희극적' 질문을 '엄숙히' 추궁받았다.

언젠가 먼 훗날 나는 서오릉으로 봄철의 외로운 산책을 하고 싶다. 맑은 진달래 한 송이 가슴에 붙이고 천천히 걸어갔다가 천천히 걸어오고 싶다.

이웃의 체온
－계수님께

수인*들은 늘 벽을 만납니다.

통근길의 시민이 'stop'을 만나듯, 사슴이 엽사*를 만나듯, 수인들은 징역의 도처에서 늘 벽을 만나고 있습니다. 가련한 자유의 시간인 꿈속에서마저 벽을 만나고 마는 것입니다. 무수한 벽과 벽 사이, 운신도 어려운 각진 공간에서 우리는 부단히 사고의 벽을 헐고자 합니다. 생각의 지붕을 벗고자 합니다. 흉회쇄락胸懷灑落, 광풍제월光風霽月*. 그리하여 이윽고 '광야의 목소리'를, 달처럼 둥근 마음을 기르고 싶은 것입니다.

아버님 서한에 육년래六年來의 혹한酷寒이라고 하였습니다만 그런 추위를 실감치 않았음은 웬일일까. 심동深冬*의 빙한氷寒, 온기 한 점 없는 냉방에서 우리를 덮어 준 것은 동료들의 체온이었습니다. 추운 사람들끼리 서로의 체온을 모으는 동안 우리는 냉방이 가르치는 '벗'

의 의미를, 겨울이 가르치는 '이웃의 체온'을 조금씩 조금씩 이해해 가는 것입니다.

이제 입춘도 지나고 머지않아 강물이 풀리고 다사로운* 춘풍에 이른 꽃들이 필 무렵, 겨우내 우리의 몸속에 심어 둔 이웃들의 체온이 송이송이 빛나는 꽃들로 피어날는지……. 인정人情은 꽃들의 웃음소리.

구정 때 보낸 편지와 영치금* 잘 받았습니다. 염려하는 사람이 한 사람 더 늘었다는 기쁨은 흡사 소년들의 그것처럼 친구들에게 자랑하고 싶고 보이고 싶고…….

제수와 시숙*의 사이가 '어려운 관계'라고들 하지만, 그것은 우리 시대의 것은 아니라고 믿습니다. 현재로서는 물론, 동생을 가운데 둔 관계이며 '생활의 공유'를 기초로 하지 않은, 또 그만큼 인간적 이해가 부족한 관계라는 사실을 없는 듯 덮어 두자는 것은 아닙니다. 그러나 앞으로는 어차피 가족의 일원으로서 생활을 공유하지 않을 수 없다는 장래의 유대를 미리 가불하기도 하고, 또 편지를 쓰면 '소식의 공유'쯤 당장부터도 가능하다는 점에서 '어려운 관계'의 그 어려움이 차차 가시리라 생각합니다. 서로의 건투를 빕니다.

인도人道와 예도藝道
－아버님께

비가 내려 며칠째 시원하게 지내고 있습니다. 6월 중에는 여러 번 접견이 있어서 소식을 잘 듣고 있습니다. 아버님께서 보내 주신 화선지와 편지 받았습니다. 그리고 지난 주에는 동생이 접견 와서 유화구油畵具 일체를 넣어 주었습니다. 계수*님 편에 말씀 들으셔서 아시리라고 믿습니다만 저는 그동안 새로 구성된 서화반에 옮겨 와서 월여月餘* 째 그림과 글씨를 공부하고 있습니다.

글씨를 쓰고 그림을 그리고 있다고는 하지만 저로서는 옛 선비들이 누리던 그 유유한 풍류를 느낄 수 있는 입장도 못되며, 그렇다고 자기의 모든 것을 들린* 듯 바칠 만큼 예술에 대한 집념이나 소질이 있는 것도 아닐 것입니다. 이것은 제 자신의 자세가 확립되지 못하고, 아직은 어떤 애매한 가능성에 기댄 채 머뭇거리고 있음을 나타내는 것이기도 합니다. 그러나 저는 훌륭한 작품을 만들려 하기에 앞서, 붓을 잡는 자세를 성실히 함으로써 먼저 뜻과 품성을 닦는, 오히려 '먼 길'을 걸으려 합니다. 그리고 이러한 뜻과 품성이 비로소 훌륭한 글씨와 그림을 가능하게 하리라고 믿고 있습니다. 인도人道는 예도藝道의 장엽長葉을 뻗는 심근深根*인 것을, 예도는 인도의 대하大河로 향하는 시내인 것을, 그리하여 최고의 예술 작품은 결국 '훌륭한 인간', '훌륭한 역사'라는 사실을 잊지 않으려 합니다.

금년도 벌써 반 넘어 7월입니다. 이 각박한 토양에도 잡초들은 여기저기, 심지어 벽돌담 꼭대기에도 그 질긴 생명의 뿌리를 박아 놓고 있습니다. 역시 여름인 줄을 알겠습니다.

서도의 관계론關係論
─아버님께

제가 서도書道를 운위*하다니 당구堂狗의 폐풍월吠風月* 짝입니다만 엽서 위의 편언片言*이고 보면 조리條理가 빈다고 허물이겠습니까.

일껏 붓을 가누어 조신해 그은 획이 그만 비뚤어 버린 때 저는 우선 그 부근의 다른 획의 위치나 모양을 바꾸어서 그 실패를 구하려 합니다.

이것은 물론 지우거나 개칠改漆하지 못하기 때문이기도 하지만 실상 획의 성패란 획 그 자체에 있지 않고 획과 획의 '관계' 속에 있다고 이해하기 때문입니다. 하나의 획이 다른 획을 만나지 않고 어찌 제혼자서 '자'字가 될 수 있겠습니까. 획도 흡사 사람과 같아서 독존獨存하지 못하는 '반쪽'인 듯합니다. 마찬가지로 한 '자'가 잘못된 때는 그 다음 자 또는 그 다음다음 자로써 그 결함을 보상하려고 합니다. 또 한 '행'行의 잘못은 다른 행의 배려로써, 한 '연'聯의 실수는 다른 연의 구성으로써 감싸려 합니다. 그리하여 어쩌면 잘못과 실수의 누적으로 이루어진, 실패와 보상과 결함과 사과와 노력들이 점철*된, 그러기에 더 애착이 가는, 한 폭의 글을 얻게 됩니다.

이렇게 얻은 한 폭의 글은, 획, 자, 행, 연 들이 대소, 강약, 태세太細, 지속遲速, 농담濃淡 등의 여러 가지 형태로 서로가 서로를 의지하고 양보하며 실수와 결함을 감싸 주며 간신히 이룩한 성취입니다. 그 중 한 자, 한 획이라도 그 생김생김이 그렇지 않았더라면 와르르 얼개가 전부 무너질 뻔한, 심지어 낙관落款*까지도 전체 속에 융화되어 균형에 한몫 참여하고 있을 정도의, 그 피가 통할 듯 농밀한 '상호 연계'와 '통일' 속에는 이윽고 묵과 여백, 흑과 백이 이루는 대립과 조화, 그 '대립과 조화' 그것의 통일이 창출해 내는 드높은 '질'質이 가능할 것입니다. 이에 비하여 규격화된 자, 자, 자의 단순한 양적 집합이 우리에게 주는 느낌은 줄 것도 받을 것도 없는 남남끼리의 그저 냉랭한 군서群棲*일 뿐 거기 어디 악수하고 싶은 얼굴 하나 있겠습니까.

유리창을 깨뜨린 잘못이 유리 한 장으로 보상될 수 있다는 생각은, 사람의 수고가, 인정이 배제된 일정액의 화폐로 대상代償*될 수 있다는 생각만큼이나 쓸쓸한 것이 아니겠습니까. 획과 획 간에, 자와 자 간에 붓을 세우듯이, 저는 묵을 갈 적마다 인人과 인 간間의 그 뜨거운 '연계' 위에 서고자 합니다.

춥다가 아직 덥기 전의, 4월도 한창 때, 좋은 시절입니다.

서도의 관계론

두 개의 종소리
－아버님께

새벽마다 저는 두 개의 종소리를 듣습니다. 새벽 4시쯤이면 어느 절에선가 범종梵鍾*소리가 울려오고 다시 한동안이 지나면 교회당의 종소리가 들려옵니다. 그러나 이 두 종소리는 서로 커다란 차이를 담고 있습니다. 교회종이 높고 연속적인 금속성임에 비하여, 범종은 쇠붙이 소리가 아닌 듯, 누구의 나직한 음성 같습니다. 교회종이 새벽의 정적을 휘저어 놓는 틈입자闖入者*라면, 꼭 스물아홉 맥박마다 한 번씩 울리는 범종은 '승고월하문'僧敲月下門*의 '고'敲처럼, 오히려 적막을 심화하는 것입니다. 빌딩의 숲 속 철제의 높은 종탑에서 뿌리듯이 흔드는 교회 종소리가 마치 반갑지 않은 사람의 노크 같음에 비하여, 이슬이 맺힌 산사山寺 어디쯤에서 땅에 닿을 듯, 지심地心*에 전하듯 울리는 범종소리는 산이 부르는 목소리라 하겠습니다. 교회 종소리의 여운 속에는 플래시를 들고 손목시계를 보며 종을 치는 수위의 바쁜 동작이 보이는가 하면, 끊일 듯 끊일 듯하는 범종의 여운 속에는 부동不動의 수도자가 서 있습니다.

범종소리에 이끌려 도달한 사색과 정밀靜謐*이 교회 종소리로 유리처럼 깨어지고 나면 저는 주섬주섬 생각의 파편을 주운 다음, 제3의 전혀 엉뚱한 소리—기상 나팔소리가 깨울 때까지 내쳐 자 버릴 때가 많습니다. 그러나 고달픈 수정四情*들이 잠든 새벽녘, 이 두 개의 종소리 사이에 누워 깊은 생각에 잠길 수 있다는 것은 작지만 기쁨이 아닐 수 없습니다.

저는 불제자佛弟子도 기독도基督徒도 아닙니다. 이것은 제가 '믿는다'는 사고 형식에는 도시* 서툴기 때문이라고 생각됩니다. 제게도 사람을 믿는다거나 어떤 법칙을 믿는 등의 소위 '믿는다'는 사고 양식이 없는 것은 아니지만 그런 경우의 믿음은 어디까지나 그 사람의 인격이나 객관화된 경험에 대한 이해와 평가의 종합적 표현일 뿐 결코 '이해에 기초하지 않은 믿음'을 일방적으로 수용하는 태도와는 별개의 것이라 생각됩니다. 결국 범종과 교회종에 대한 포폄褒貶*이 저의 종교적 입장과는 인연이 먼 것이며 그렇다고 일시적인 호오好惡*나 감정의 경사傾斜에도 관계가 없는 것입니다. 이것은 아마 지금까지 저의 내부에 형성된 의식意識의 표출이었는지 모르겠습니다. 그렇기 때문에 저는 이 두 개의 종소리 사이에 누워 저의 의식 속에 잠재해 있을 몇 개의 종소리에 귀 기울여 봅니다. 외래 문물의 와중에서 성장해 온

두 개의 종소리

저희 세대의 의식 속에는 필시 꺼야 할 이질異質의 종소리들이 착종錯綜*하고 있음에 틀림없습니다.

매직펜과 붓

-아버님께

오늘이 입추立秋. 기승을 부리던 더위도 어젯밤에 폭우를 맞더니 정말 오늘부터는 가을로 접어들려는지 아침 햇살이 뜨겁지 않습니다.

우송해 주신 먹과 화선지 그리고 아버님의 하서* 모두 잘 받았습니다. 어머님께옵서도 안녕하시고 가내 두루 평안하실 줄 믿습니다.

저는 주로 붓으로 글씨를 쓰고 있습니다만 가끔 '매직펜'으로 줄을 긋거나 글씨를 쓸 일이 생깁니다. 이 매직펜은 매직잉크가 든 작은 병을 병째 펜처럼 들고 사용하도록 만든 편리한 문방구文房具입니다. 이것은 붓글씨와 달라 특별한 숙련이 요구되지 않으므로, 초보자가 따로 없습니다. 마치 피아노의 건반을 아무나 눌러도 정해진 음이 울리듯, 매직펜은 누가 긋더라도 정해진 너비대로 줄을 칠 수 있습니다. 먹을 갈거나 붓끝을 가누는 수고가 없어도 좋고, 필법筆法의 수련 같은 귀찮은 노력은 더구나 필요하지 않습니다. 그뿐만 아니라 휘발

성이 높아 건조를 기다릴 것까지 없고 보면 가히 인스턴트 시대의 총아*라 할 만합니다. 그러나 저는 이 모든 편의에도 불구하고 이것을 좋아하지 않습니다. 종이 위를 지날 때 내는 날카로운 마찰음—기계와 기계의 틈새에 끼인 문명의 비명 같은 소리가 좋지 않습니다. 달려들듯 다가오는 그 자극성의 냄새가 좋지 않습니다.

붓은 결코 소리내지 않습니다. 어머님의 약손같이 부드러운 감촉이, 수줍은 듯 은근한 그 묵향墨香*이, 묵의 깊이가 좋습니다. 추호秋毫*처럼 가늘은 획에서 필관筆管*보다 굵은 글자에 이르기까지 흡사 피리 소리처럼 이어지는 그 폭과 유연성이 좋습니다. 붓은 그 사용자에게 상당한 양의 노력과 수련을 요구하지만 그러기에 그만큼의 애착과 사랑을 갖게 해줍니다. 붓은 좀체 호락호락하지 않는 매운 지조의 선비 같습니다.

매직펜이 실용과 편의라는 서양적 사고의 산물이라면 붓은 동양의 정신을 담은 것이라 생각됩니다. 저의 벼룻집 속에는 이 둘이 공존하고 있습니다만, 이것은 제가 소위 '동도서기'東道西器*라는 절충의 논리를 수긍하는 뜻이 아닙니다.

절충이나 종합은 흔히 은폐와 호도糊塗*의 다른 이름일 뿐, 역사의 특정한 시점에서는 그 사회, 그 시대가 당면하고 있는 객관적 제조건에 비추어, 비록 상당한 진리를 내포하고 있는 주장이라 하더라도 그 경중, 선후를 준별*하고 하나를 다른 하나에 종속시키는 실천적 파당

성派黨性이 도리어 '시중'時中*의 진의이며 중용의 본도本道라고 생각됩니다.

　저는 역시 붓을 선호하는 쪽입니다. 주로 도시에서 교육을 받아 온 저에게 있어서 붓은 단순한 취미나 여기餘技*라는 공연한 사치로 이해될 수는 없는 것입니다.

옥창의 풀씨 한 알
- 계수님께

우리 방 창문 턱에

개미가 물어다 놓았는지

풀씨 한 알

싹이 나더니

어느새

한 뼘도 넘는

키를 흔들며

우리들을

가르치고 있습니다.

정국추추황 자모년년백

庭菊秋秋黃 慈母年年白

(뜰의 국화는 가을마다 노랗고

어머니의 머리는 해마다 희어지네.)

옥창의 풀씨 한 알

인디언의 편지
-아버님께

8일부 하서* 받았습니다. 그간 어머님을 비롯하여 가내 두루 평안하시리라 믿습니다. 금년은 매우 따뜻한 겨울이었습니다. 연일 봄비가 내려 주위가 축축합니다만, 춘도생 만물영春道生 萬物榮*, 이 축축함이 곧 꽃이 되고 잎이 되는 것이 아니겠습니까.

　며칠 전에는 1885년에 아메리카의 한 인디언이 미국 정부에 보낸 편지를 읽었습니다. 그 속에는 이런 구절들이 있습니다.

　"당신(백인)들은 어떻게 하늘을, 땅의 체온을 매매할 수 있습니까."

　"우리가 땅을 팔지 않겠다면 당신들은 총을 가지고 올 것입니다. …… 그러나 신선한 공기와 반짝이는 물은 기실* 우리의 소유가 아닙니다."

　"갓난아기가 엄마의 심장의 고동소리를 사랑하듯 우리는 땅을 사랑합니다."

어머니를 팔 수 없다고 하는 이 인디언의 생각을, 사유와 매매와 소비의 대상으로 모든 것을 인식하는 백인들의 사고 방식과 나란히 놓을 때 거기 '문명'의 치부*가 선연히* 드러납니다.

또 다음과 같은 구절도 있습니다.

"땅으로부터 자기들이 필요하다면 무엇이나 가져가 버리는 백인들은 (땅에 대한) 이방인입니다."

"당신네 도시의 모습은 우리 인디언의 눈을 아프게 합니다."

자연을 적대적인 것으로, 또는 불편한 것, 미개한 것으로 파악하고 인간 생활로부터 자연을 차단해 온 성과가 문명의 내용이고, 차단된 자연으로부터의 거리가 문명의 척도가 되는 '도시의 물리物理*', 철근 콘크리트의 벽과 벽 사이에서 없어도 되는 물건을 생산하기에 여념이 없는, 욕망과 갈증의 생산에 여념이 없는, 생산할수록 더욱 궁핍을 느끼게 하는 '문명의 역리逆理*'에 대하여, 야만과 미개의 대명사처럼 되어 온 한 인디언의 편지가 이처럼 통렬한 문명 비평이 된다는 사실로부터 우리는 문명과 야만의 의미를 다시 물어야 옳다고 생각됩니다. 편지의 후예들은 지금쯤 그들의 흙내와 바람마저 잃고 도시의 어느 외곽에서 오염된 햇볕 한 조각 입지 못한 채 백인들이 만들어 낸 문명(?)의 어떤 것을 분배받고 있을지 모를 일입니다.

저는 이 짤막한 편지를 읽으며 저의 세계관 속에 아직도 청산되지 못한 식민지적 잔재가 부끄러웠습니다. 서구적인 것을 보편적인 원리로 수긍하고 우리의 것은 항상 특수한 것, 우연적인 것으로 규정하는 '사고의 식민성'은 우리들의 가슴에 아직도 자국 깊은 상처로 남아 있습니다.

저는 우리의 조상들이 만들려고 하였던 세계가 어떠한 것이었는지 몹시 궁금해집니다. 우리는 오랫동안 우리의 것을 잃고, 버리고, 외면해 왔습니다. 지금은 '노인'마저 급속히 없어져 가고 있는 풍토입니다. 그러나 우리의 역사, 우리의 생활 속에는 아직도 조상의 수택手澤*이 상신尙新*한 귀중한 정신이 새로운 조명을 기다리고 있다고 믿습니다.

그 편지는 다음과 같은 구절로 끝맺고 있습니다.

"당신의 모든 힘과 능력과 정성을 기울여, 당신의 자녀들을 위하여 땅을 보존하고 또 신이 우리를 사랑하듯 그 땅을 사랑해 주십시오. …… 백인들일지라도 공동의 운명으로부터 제외될 수는 없습니다."

서도
―아버님께

이번 겨울은 한온寒溫*이 무상하여 앞 날씨를 측량키 어렵습니다. 저희
는 제일 추운 날씨를 표준하여 옷들을 입고 있습니다. 호한沍寒*에는
볼품이 없어도 솜이 든 저희들의 수의囚衣가 신사들의 옷보다 훨씬
'아름다워' 보입니다. '아름다움'이란 바깥 형식에 의해서라기보다
속 내용에 의하여 최종적으로 규정되는 법임을 확인하는 심정입니다.

　　서도書道의 경우에도 이와 비슷한 경험이 있습니다. 자획字劃의 모
양보다는 자구字句에 담긴 뜻이 좋아야 함은 물론 특히 그 '사람'이 훌
륭해야 한다는 점이 그렇습니다. 작품과 인간이 강하게 연대되고 있
는 서도가, 단지 작품만으로 평가되는 인간 부재의 다른 분야보다 마
음에 듭니다. 좋은 글씨를 남기기 위하여 결국 좋은 사람이 될 수밖
에 없다는 평범한 상식이 마음 흐뭇합니다. 인간의 품성을 높이는 데
복무하는 '예술'과 예술적 가치로 전화되는 '인간의 품성'과의 통일,

이 통일이 서도에만 보존되고 있다고 한다면 아무래도 근묵자近墨者*
의 자위이겠습니까.

요즈음은 다시 『논어』*를 들었습니다.

외풍이 센 방에는 새벽이 일찍 옵니다. 새벽 창 밑에 앉아 고인의
지성을 읽어 봅니다.

　　이우천하지선사위미족 우상론고지인
　　以友天下之善士爲未足 又尙論古之人

천하의 선비로서도 부족하여 고인을 읽는다는 『맹자』*의 일절이
상기됩니다. 항상 생활 속에서 먼저 깨닫기로 하고 독서가 결코 과욕
이 되지 않도록 부단히 절제하고 있습니다.

아직 손 시려 글씨 쓰지 못합니다. 종이 필요하면 말씀드리겠습니
다. 어머님 강건하시길 빕니다.

바다로 열린 시냇물처럼
-부모님께

해마다 7월이 되면 어느덧 지나온 날을 돌아보는 마음이 됩니다. 금년 7월은 제가 징역을 시작한 지 12년이 되는 달입니다. 궁벽한* 곳에 오래 살면 관점마저 자연히 좁아지고 치우쳐, 흡사 동굴 속에 사는 사람이 동굴의 아궁이를 동쪽이라 착각하듯이 저도 모르는 사이에 이러저러한 견해가 주관 쪽으로 많이 기운 것이 되어 있지나 않을까 하는 걱정이 있습니다.

　서울을 가장 정직하게 바라볼 수 있는 조망대가 어디인가를 놓고도 남산 팔각정이다, 시청이다, 영등포 공단의 어느 작업기 앞이다, 시비가 없지 않습니다. 훨훨 날아다니는 하늘의 선녀가 아닌 다음에야 여러 개의 조망대를 한꺼번에 가질 수는 없고 어디든 땅에 뿌리를 내리고 살 수밖에 없는 우리들로서는 제가 사는 터전을 저의 조망대로 삼지 않을 수 없기 때문에 어차피 자신의 처지에 따른 강한 주관에서부터 생각을 간추리지 않을 수 없다고 믿습니다.

대다수의 사람들은 이 주관의 양을 조금이라도 더 줄이고 객관적인 견해를 더 많이 수입하려고 합니다. 그러나 이러한 노력의 바닥에는, 주관主觀은 궁벽하고 객관客觀은 평정한 것이며, 주관은 객관으로 발전하지 못하고, 객관은 주관을 기초로 하지 않는다는 잘못된 전제가 깔려 있음을 알 수 있습니다.

저는, 각자가 저마다의 삶의 터전에 깊숙이 발목 박고 서서 그 '곳'에 고유한 주관을 더욱 강화해 가는 노력이야말로 객관의 지평을 열어 주는 것임을 의심치 않습니다. 그러나 이 경우 가장 중요한 것은 그 '곳'이, 바다로 열린 시냇물처럼, 전체와 튼튼히 연대되고 있어야한다는 사실입니다. 그러므로 사고의 동굴을 벗어나는 길은 그 삶의 터전을 선택하는 문제로 환원될 수 있다고 생각됩니다.

『맹자』*의 일절이 상기됩니다.

시인유공불상인 함인유공상인 무장역연 고술불가불신야
矢人惟恐不傷人 函人惟恐傷人 巫匠亦然 故術不可不愼也
(활 만드는 사람은 사람이 상하지 않을까 두려워하고
방패를 만드는 사람은 사람이 상할까 두려워한다.)

스스로 시대의 복판에 서기도 어려운 일이 아닐 수 없습니다만 시

대와 역사의 대하로 향하는 어느 가난한 골목에 서기를 주저해서도
안 되리라 믿습니다.

한창 더울 때입니다만 하루 걸러 내리는 비가 큰 부조扶助*입니다.
지난 접견 때는 우중雨中에 돌아가시느라 어머님 발길이 더 무거웠으
리라 짐작됩니다.

낮은 곳
-형수님께

그동안 '새시대'의 구호와 표어로 갈아붙이느라 몹시 바쁜 날들의 연속이었습니다.

사다리를 올라가 높은 곳에서 일할 때의 어려움은 무엇보다도 글씨가 바른지 삐뚤어졌는지를 알 수 없다는 것입니다. 코끼리 앞에 선 장님의 막연함 같은 것입니다. 저는 낮은 곳에 있는 사람들에게 부지런히 물어봄으로써 겨우 바른 글씨를 쓸 수 있었습니다.

'푸른 과실이 햇빛을 마시고 제 속의 쓰고 신 물을 달고 향기로운 즙으로 만들듯이' 저도 이 가을에는 하루하루의 아픈 경험들을 양지바른 생각의 지붕에 널어, 소중한 겨울의 양식으로 갈무리하려고 합니다.

없음〔無〕이 곧 쓰임〔用〕

−아버님께

큰 추위는 없었습니다만 그런대로 겨울땜은 한 것 같습니다. 어머님 평안하시고 가내 무고하리라 믿습니다.

'당무유용'當無有用. 『노자』老子*의 일절입니다.

   연식이위기 당기무 유기지용

   挺埴以爲器 當其無 有器之用

   흙을 이겨서 그릇을 만드는 경우, 그릇으로서의 쓰임새는 그릇 가운데를 비움으로써 생긴다.

   '없음'〔無〕으로써 '쓰임'〔用〕으로 삼는 지혜. 그 여백 있는 생각, 그 유원幽遠한* 경지가 부럽습니다.

   최근의 몇 가지 경험에서 자주 생각 키우는 느낌입니다만 선행이든 악행이든 그것이 일회 완료의 대상화된 행위가 아니고 '좋은 사람' 또는 '나쁜 사람'과 같이 그것이 '사람'인 경우에는 완전한 악인도 전형적인 선인도 존재하지 않는다는 지극히 평범한 상식이 확인됩니다. 그러한 사람은 형이상학적으로 존재하는 하나의 추상된 도식이기 때문에 도리어 인간 이해를 방해하는 관념이라 생각됩니다. 전형적 인간을 찾는 것은, 없는 것을 찾는 것이 됩니다.

나막신에 우산 한 자루

─ 계수님께

인생살이도 그러하겠지만 더구나 징역살이는 언제든지 떠날 수 있는
단출한 차림으로 살아야겠다고 생각하였습니다. 그러나 막상 이번
전방* 때는 버려도 아까울 것 하나 없는 자질구레한 짐들로 하여 상당
히 무거운 이삿짐(?)을 날라야 했습니다.

입방 시간에 쫓기며 무거운 짐을 어깨로 메고 걸어가면서 나는 나
를 짓누르는 또 한 덩어리의 육중한 생각을 짐 지지 않을 수 없었습
니다. 내일은 '머─ㄴ길'을 떠날 터이니 옷 한 벌과 지팡이를 채비해
두도록 동자더러 이른 어느 노승이 이튿날 새벽 지팡이 하나 사립 앞
에 짚고 풀발 선 옷자락으로 꼿꼿이 선 채 숨을 거두었더라는 그 고
결한 임종의 자태가 줄곧 나를 책망하였습니다.

섭갹담등蹞屩擔簦, 즐풍목우櫛風沐雨. 나막신에 우산 한 자루로 바람
결에 머리 빗고 빗물로 머리 감던 옛사람들의 미련 없는 속탈俗脫은

감히 시늉할 수 없는 것이라 하더라도 10여 년 징역을 살고도 아직 빈 몸을 두려워하고 있었던 것은 아니었을까.

있으면 없는 것보다 편리한 것도 사실이지만 완물상지玩物喪志*, 가지면 가진 것에 뜻을 앗기며, 물건은 방만 차지함에 그치지 않고 우리의 마음속에도 자리를 틀고 앉아 창의創意를 잠식하기도 합니다.

이기利器*를 생산한다기보다 '필요' 그 자체를 무한정 생산해 내고 있는 현실을 살면서 오연傲然히* 자기를 다스려 나가기도 쉽지 않음을 알 수 있습니다. 그러나 그릇은 그 속이 빔[虛]으로써 쓰임이 되고 넉넉함은 빈 몸에 고이는 이치를 배워 스스로를 당당히 간수하지 않는 한, 척박한 땅에서 키우는 모든 뜻이 껍데기만 남을 뿐임이 확실합니다.

서도와 필재筆才

- 형수님께

대부분의 사람들은, 글씨란 타고나는 것이며 필재筆才가 없는 사람은 아무리 노력하여도 명필이 될 수 없다고 생각합니다. 그러나 저는 정반대의 생각을 가지고 있습니다.

필재가 있는 사람의 글씨는 대체로 그 재능에 의존하기 때문에 일견 빼어나긴 하되 재능이 도리어 함정이 되어 손끝의 교巧를 벗어나기 어려운 데 비하여, 필재가 없는 사람의 글씨는 손끝으로 쓰는 것이 아니라 온몸으로 쓰기 때문에 그 속에 혼신의 힘과 정성이 배어 있어서 '단련의 미'가 쟁쟁히 빛나게 됩니다.

만약 필재가 뛰어난 사람이 그 위에 혼신의 노력으로 꾸준히 쓴다면 이는 흡사 여의봉 휘두르는 손오공처럼 더할 나위 없겠지만 이런 경우는 관념적으로나 상정될 수 있을 뿐, 필재가 있는 사람은 역시 오리새끼 물로 가듯이 손재주에 탐닉하게 마련이라 하겠습니다.

결국 서도는 그 성격상 토끼의 재능보다는 거북이의 끈기를 연마하는 것인지도 모릅니다. 더욱이 글씨의 훌륭함이란 글자의 자획에서 찾아지는 것이 아니라 묵 속에 갈아 넣은 정성의 양에 의하여 최종적으로 평가되는 것이기에 더욱 그러리라 생각됩니다.

　사람의 아름다움도 이와 같아서 타고난 얼굴의 조형미보다는 그 사람의 지혜와 경험의 축적이 내밀한 인격이 되어 은은히 배어나는 아름다움이 더욱 높은 것임과 마찬가지입니다. 뿐만 아니라 인생을 보는 시각도 이와 다르지 않다고 믿습니다. 첩경*과 행운에 연연해하지 않고, 역경에서 오히려 정직하며, 기존旣存과 권부權富*에 몸 낮추지 않고, 진리와 사랑에 허심탄회한…… 그리하여 스스로 선택한 '우직함'이야말로 인생의 무게를 육중하게 해주는 것이라 생각합니다.

욕설의 리얼리즘

- 계수님께

교도소에 많은 것 중의 하나가 '욕설'입니다.

아침부터 밤까지 우리는 실로 흐드러진 욕설의 잔치 속에 살고 있는 셈입니다. 저도 징역 초기에는 욕설을 듣는 방법이 너무 고지식하여 단어 하나하나의 뜻을 곧이곧대로 상상하다가 어처구니없는 궁상窮狀에 빠져 헤어나지 못하기 일쑤였습니다만 지금은 그 방면에서도 어느덧 이력이 나서 한 알의 당의정糖衣錠*을 삼키듯 '이순'耳順*의 경지에 이르렀다 하겠습니다.

욕설은 어떤 비상한 감정이 인내력의 한계를 넘어 밖으로 돌출하는, 이를테면 불만이나 스트레스의 가장 싸고 '후진' 해소 방법이라 느껴집니다. 그러나 사과가 먼저 있고 사과라는 말이 나중에 생기듯이 욕설로 표현될 만한 감정이나 대상이 먼저 있음이 사실입니다. 징역의 현장인 이곳이 곧 욕설의 산지産地이며 욕설의 시장인 까닭도 그런 데에 연유하는가 봅니다.

그러나 이곳에서 욕설은 이미 욕설이 아닙니다. 기쁨이나 반가움마저도 일단 욕설의 형식으로 표현되는 경우가 허다합니다. 이런 경우는 그 감정의 비상함이 역설적으로 강조되는 시적 효과를 얻게 되는데 이것은 반가운 인사를 욕설로 대신해 오던 서민들의 전통에 오래전부터 있어 온 것이기도 합니다. 저는 오래전부터 욕설이나 은어에 담겨 있는 뛰어난 언어 감각에 탄복해 오고 있습니다. 그 상황에 멋지게 들어맞는 비유나 풍자라든가, 극단적인 표현에 치우친 방만한 것이 아니라 약간 못미치는 듯한 선에서 용케 억제됨으로써 오히려 예리하고 팽팽한 긴장감을 느끼게 하는 것 등은 그것 자체로서 하나의 훌륭한 작품입니다.

'사물'과, 여러 개의 사물이 연계됨으로써 이루어지는 '사건'과, 여러 개의 사건이 연계됨으로써 이루어지는 '사태' 등으로 상황을 카테고리로 구분한다면, 욕설은 대체로 높은 단계인 '사건' 또는 '사태'에 관한 개념화이며 이 개념의 예술적(?) 형상화 작업이라는 점에서 그것은 고도의 의식 활동이라 할 수 있습니다.

저는 바로 이 점에 있어서, 대상에 대한 사실적 인식을 기초로 하면서 예리한 풍자와 골계滑稽*의 구조를 갖는 욕설에서, 인텔리들의 추상적 언어 유희와는 확연히 구별되는, 적나라한 리얼리즘을 발견합니다. 뿐만 아니라 욕설에 동원되는 화재話材와 비유로부터 시세時世*

와 인정, 풍물에 대한 뜸 든 이해를 얻을 수 있다는 사실이 매우 귀중
하게 여겨집니다.

　그러나 버섯이 아무리 곱다 한들 화분에 떠서 기르지 않듯이 욕설
이 그 속에 아무리 뛰어난 예능을 담고 있다 한들 그것은 기실* 응달
의 산물이며 불행의 언어가 아닐 수 없습니다.

비슷한 얼굴
- 계수님께

여러 사람이 맨살 부대끼며 오래 살다보면 어느덧 비슷한 말투, 비슷한 욕심, 비슷한 얼굴을 가지게 됩니다.

서로 바라보면 거울 대한 듯 비슷비슷합니다. 자기가 다른 사람과 비슷하다는 사실, 여럿 중의 평범한 하나에 불과하다는 사실은 대부분의 사람들이 못마땅하게 여깁니다. 기성품처럼 개성이 없고 값어치가 훨씬 떨어지는 것으로 받아들입니다. '개인의 세기世紀'에 살고 있는 우리들의 당연한 사고입니다.

그러면 다른 사람과 조금도 닮지 않은 개인이나 탁월한 천재가 과연 있는가. 물론 없습니다. 있다면 그것은 외형만 그럴 뿐입니다. 다른 사람과 아무런 내왕來往이 없는 '순수한 개인'이란 무인도의 로빈슨 크루소처럼 소설 속에나 있는 것이며, 천재란 그것이 어느 개인이나 순간의 독창이 아니라 오랜 중지衆智*의 집성이며 협동의 결정임을 우리는 알고 있습니다.

　우리들이 잊고 있는 것은 아무리 담장을 높이더라도 사람들은 결국 서로가 서로의 일부가 되어 함께 햇빛을 나누며, 함께 비를 맞으며 '함께' 살아가고 있다는 사실입니다.

　화폐가 중간에 들면, 쌀이 남고 소금이 부족한 사람과, 소금이 남고 쌀이 부족한 사람이 서로 만나지 않더라도 교환이 이루어집니다. 천 갈래 만 갈래 분업과 거대한 조직, 그리고 거기서 생겨나는 물신성 物神性*은 사람들의 만남을 멀리 떼어 놓기 때문에 '함께' 살아간다는 뜻을 깨닫기 어렵게 합니다.

　같은 이해利害, 같은 운명으로 연대된 '한 배 탄 마음'은 '나무도 보고 숲도 보는' 지혜이며, 한 포기 미나리아재비*나 보잘것없는 개똥벌레 한 마리도 그냥 지나치지 않는 '열린 사랑'입니다. 한 그루의 나무가 되라고 한다면 나는 산봉우리의 낙락장송*보다 수많은 나무들이 합창하는 숲 속에 서고 싶습니다. 한 알의 물방울이 되라고 한다면 저는 단연 바다를 선택하고 싶습니다. 그리하여 가장 많은 사람들이 모여 사는 나지막한 동네에서 비슷한 말투, 비슷한 욕심, 비슷한 얼굴을 가지고 싶습니다.

가을의 사색
－형수님께

해마다 가을이 되면 우리들은 추수라도 하듯이 한 해 동안 키워 온 생각들을 거두어 봅니다. 금년 가을도 여느 해나 다름없이 손에 잡히는 것이 없습니다. 공허한 마음은 뼈만 데리고 돌아온 '바다의 노인' 같습니다. 봄, 여름, 가을, 언제 한번 온몸으로 떠맡은 일 없이 그저 앉아서 생각만 달리는 일이 부질없기가 얼음 쪼아 구슬 만드는 격입니다. 그나마 내 쪽에서 벼리*를 잡고 엮어 간 일관된 사색이 아니라 그때그때 부딪쳐 오는 잡념잡사雜念雜事의 범위를 넘지 못하는 연습 같은 것들이고 보면 빈약한 추수가 당연할 수밖에 없습니다. 그 위에 정직한 최선을 다하지 못한 후회까지 더한다면 이제 문 닫고 앉아 봄을 기다려야 할 겨울이 더 길고 추운 계절로만 여겨집니다.

그러나 우리는 숱한 가을을 보내고 맞는 동안 가을에 갖는 우리의 회한이 결코 회한으로만 끝나지 않음을 압니다. 풍요보다는 궁핍이,

기쁨보다는 아픔이 우리를 삶의 진상眞相에 맞세워 주는 법이며, 삶의 진상은 다시 위대한 대립물이 되어 우리 자신을 냉정하게 바라보도록 합니다. 자기 자신에 대한 냉정한 인식은 일견 비정한 듯하나, 빈약한 추수에도 아랑곳없이 스스로를 간추려 보게 하는 용기의 원천이기도 합니다.

가을에 흔히 사람들은 낙엽을 긁어모아 불사르고 그 재를 뿌리짬에 묻어 줍니다. 이것은 새로운 나무의 식목이 아니라 이미 있는 나무를 북돋우는 시비施肥*입니다. 가을의 사색도 이와 같아서 그것은 새로운 것을 획득하려는 욕심이 아니라 이미 알고 있는 것들을 다짐하고 챙기는 '약속의 이행'입니다.

이 평범한 일상의 약속들이 다짐되고 이행된 다음, 나중에야 비로소 욕심이 충족되더라도 되는 것이 응당한 순서이리라 생각됩니다. 가을에 갖는 우리들의 공허한 마음이란 기실* 조급한 욕심이 만들어 놓은 엉뚱한 것이라 해야 하겠습니다.

혹시나 잊고 있는 약속들을 찾아서 거두는 조용한 추수의 사려 깊음은 시내에 놓인 징검돌이 되어 이곳의 우리들로 하여금 섣달 냇물같이 차가운 징역을 건네줍니다.

엄마의 자리, 아내의 자리, 며느리의 자리, 형수의 자리……. 숱한 자리마다 올 가을에 큼직큼직한 수확 있으시기 바랍니다.

겨울 새벽의 기상 나팔
- 계수님께

기상 30분 전이 되면 나는 옆에서 곤히 잠든 친구를 깨워 줍니다. 부드러운 손찌검으로 조용히 깨워 줍니다. 그는 새벽마다 기상 나팔을 불러 나가는 교도소의 나팔수입니다.

옷, 양말, 모자 등을 챙겨서 갖춘 다음 한 손에는 '마우스피스'*를 감싸 쥐어 손바닥의 온기로 데우며 다른 손에는 나팔과, 기상 나팔 후부터 개방開房* 나팔 때까지 서서 읽을 책 한 권 받쳐 들고 방을 나갑니다. 몇 개의 외등外燈으로 군데군데 어둠이 탈색된 운동장을 가로질러서 교회당 계단을 꺾어 올라 높다란 2층 창 앞에 서서 나팔을 붑니다. 가슴에 맺힌 한숨 가누어서 별빛 얼어붙은 새벽 하늘에 뿜어냅니다. 성씨 다른 아버지께 엽서를 띄우는, 엄마 불쌍해서 돈 벌어야겠다는…… 농農돌이, 공工돌이, 이제는 스물다섯 징懲돌이……. 얼어붙은 새벽 하늘을 가르고, 고달픈 재소자들의 꿈을 찢고, 또 하루의 징역을 외치는 겨울 새벽의 기상 나팔은 '강철로 된 소리'입니다.

교도소의 문화가 침묵의 문화라면 교도소의 예술은 비극미悲劇美의 추구에 있습니다. 전장에서 쓰러진 병정이 그 주검을 말가죽에 싸듯이 상처난 청춘을 푸른 수의에 싸고 있는 이 끝동네 사람들은 예외 없이 비극의 임자들입니다.

검은 머리 잘라서 땅에 뿌리고, 우러러볼 청천青天 하늘 한 자락 없이, 오늘밤 두들겨 볼 대문도 없이, 간 꺼내어 쪽박에 담고 밸* 꺼내어 오지랖*에 싸고, 이렇게 사는 것도 사는 것이냐며 삶 그 전체를 질문하는, 검푸른 비극의 임자들입니다. 비극이, 더욱이 이처럼 엄청난 비극이 미적인 것으로 승화될 수 있는 가능성은 그 '정직성'에서 찾을 수 있습니다. 저한테 가해지는 중압을 아무에게도 전가하지 않고 고스란히 짐 질 수밖에 없는, 가장 낮은 곳에 사는 사람의 '정직함'에 있습니다. 비극은 남의 것을 대신 체험할 수 없고 단지 자기 것밖에 체험할 수 없는 고독한 일인칭의 서술이라는 특질을 가지며 바로 이러한 특질이 그 극적 성격을 강화하는 한편 종내에는 새로운 '앎' ─ '아름다움' ─을 마련해 주는 것입니다.

비극은 우리들이 무심히 흘려버리고 있는 일상 생활이 얼마나 치열한 갈등과 복잡한 얼개를 그 내부에 감추고 있는가를 깨닫게 할 뿐 아니라 때로는 우리를 객석으로부터 무대의 뒤편 분장실로 인도함으로써 전혀 새로운 인식평면認識平面을 열어 줍니다.

열락悅樂이 사람의 마음을 살찌게 하되 그 뒤에다 '모름다움'을 타 버린 재로 남김에 비하여 슬픔은 채식菜食처럼 사람의 생각을 맑게 함으로써 그 복판에 '아름다움'[知]을 일으켜 놓습니다. 야심성유휘夜深星愈輝, 밤 깊을수록 광채를 더하는 별빛은 겨울 밤하늘의 '지성'이며, 상국설매霜菊雪梅, 된서리 속의 황국黃菊도, 풍설風雪 속의 한매寒梅도 그 미의 본질은 다름 아닌 비극성에 있는 것이라 생각됩니다.

사람들이 구태여 비극을 미화하고 비극미를 기리는 까닭은, 한갓 되이* 비극의 사람들을 위로하려는 '작은 사랑'warm heart에서가 아니라, 비극의 그 비정한 깊이를 자각케 함으로써 '새로운 앎'cool head을 터득하고자 한 오의奧義*를 알 듯합니다. 그러나 기상 30분 전 곤히 잠든 친구를 깨울 적마다 나는 망설여지는 마음을 어쩌지 못합니다. 포근히 몸 담고 있는 꿈의 보금자리를 헐어 버리고 참담한 징역의 현실로 끌어내는 나의 손길은 두 번 세 번 망설여집니다.

새해란 실상 면면한* 세월의 똑같은 한 토막이라 하여 1월을 13월이라 부르는 사람도 있지만, 만약 새로움이 완성된 형태로 우리 앞에 던져진다면 그것은 이미 새로움이 아니라 생각됩니다. 모든 새로움은 그에 임하는 우리의 심기心機*가 새롭고, 그 속에 새로운 것을 채워 나갈 수 있는 하나의 '가능성'으로서 주어지는 새로움임을 잊지 말아야 할 것입니다.

한 포기 키 작은 풀로 서서

– 계수님께

자기의 그릇이 아니고서는 음식을 먹을 수 없는 여우와 두루미의 우화처럼, 성장 환경이 다른 사람들끼리는 자기의 언어가 아니고서는 대화가 여간 어렵지 않습니다. 언어란 미리 정해진 약속이고 공기公器*여서 제 마음대로 뜻을 담아 쓸 수가 없지만 같은 그릇도 어떤 집에서는 밥그릇으로 쓰이고 어떤 집에서는 국그릇으로 사용되듯 사람에 따라 차이가 나게 마련입니다. 성장 과정과 경험 세계가 판이한 사람들이 서로 만날 때 맨 먼저 부딪치는 곤란의 하나가 이 언어의 차이입니다.

같은 단어를 다른 뜻으로 사용하는 경우는 그런대로 작은 차이이고, 여러 단어의 조합에 의한 판단 형식의 차이는 그것의 내용을 이루는 생각의 차이를 확대한다는 점에서 매우 큰 것이라 하겠습니다.

가장 두드러진 예를 든다면 아마 '책가방 끈이 길고 먹물이 든 사람'과 그렇지 못한 사람 간의 차이라고 생각됩니다. 전자는 대체로 벽

돌을 쌓듯 정제精製되고 계산된 언어와 논리를 구사하되 필요 이상의 복잡한 표현과 미시적 사고로 말미암아 자기가 쳐 놓은 의미망意味網에 갇혀 헤어나지 못합니다. 도깨비이기는 마찬가지임에도 불구하고 구태여 파란색 도깨비와 노란색 도깨비를 구별하느라 수고롭습니다. 이에 비하여 후자의 그것은 구체적이고 그릇이 커서 손으로 만지듯 확실하고 시원시원하기는 합니다. 그러나 지나친 단순화와 무리無理, 그리고 감정의 범람이 심하여 수염과 눈썹을 구별치 않고, 목욕물과 함께 아이까지 내다 버리는 단색적 사고를 면치 못하는 경향이 있습니다.

나는 십수년의 징역을 살아오는 동안 이 두 가지의 상반된 경향의 틈새에서 여러 형태의 방황과 시행착오를 경험해 왔음이 사실입니다. 복잡한 표현과 관념적 사고를 내심 즐기며, 그것이 상위의 것이라 여기던 오만의 시절이 있었는가 하면, 조야粗野한* 비어를 배우고 주워섬김으로써 마치 군중 관점群衆觀點을 얻은 듯, 자신의 관념성을 개조한 듯 착각하던 시절도 있었습니다. 뿐만 아니라 양쪽을 절충하여 '중간은 정당하다'는 논리 속에 한동안 안주하다가 중간은 '가공架空의 자리'이며 방관이며, 기회주의이며, 다른 형태의 방황임을 소스라쳐 깨닫고 허둥지둥 그 자리를 떠나던 기억도 없지 않습니다.

물론 어느 개인이 자기의 언어를 얻고, 자기의 작풍作風을 이루기 위해서는 오랜 방황과 표류의 역정歷程을 겪지 않을 수 없는 것이라 하더라도, 방황 그 자체가 이것을 성취시켜 주는 것이 아니며, 방황의 길이가 성취의 높이로 나타나는 것도 아닙니다. 최종적으로는 어딘가의 '땅'에 자신을 세우고 뿌리내림으로써 비로소 이룩되는 것이라 믿습니다.

교도소는 대지大地도 벌판도 아닙니다. 휘달리는 산맥도 없고 큰 마음으로 누운 유유한 강물도 없는 차라리 15척 벽돌 벼랑으로 둘린 외따른 섬이라 불립니다. 징역 사는 사람들이 겪는 정신적 방황은 대개가 이처럼 땅이 없다는 외로운 생각에 연유되는 것인지도 모릅니다. 그래서 대부분의 사람들은, 오랜 세월을 이곳에서 살아야 하는 우리들과는 달리, 아무렇게나 잠시 머물렀다가 떠나가면 그만인 곳으로 여기는지도 모릅니다. 그러나 이것은 자신의 고달픈 처지에 심신이 부대끼느라 이곳에 자라고 있는 무성한 풀들을 보지 못하는 잘못된 생각입니다. 이름도 없는 풀들이 모이고 모여 밭을 이루고 밟힌 잡초들이 서로 몸 비비며 살아가는 그 조용한 아우성을 듣지 못하는 생각입니다.

초상지풍초필언 수지풍중초부립草上之風草必偃 誰知風中草復立. '바람보다 먼저 눕고' 바람보다 먼저 일어나는 풀잎마다 발 밑에 한 줌씩의 따뜻한 땅의 체온을 쌓아 놓고 있습니다. 나는 이 무성한 잡초 속에 한 포기 키 작은 풀로 서서 몸 기대며 어깨를 짜며 꾸준히 박토薄土*를 배우고, 나의 언어를 얻고, 나의 방황을 끝낼 수 있기를 바랍니다.

폭설이 내린 이듬해 봄의 잎사귀가 더 푸른 법이라는데 이번 겨울은 추위도 눈도 없는 난동暖冬*이었습니다. 입춘 지나 우수雨水를 앞둔 어제 오늘이, 풍광風光은 완연 봄인데 아직은 믿음직스럽지 못합니다.

소혹성에서 온 어린 왕자는 '길들인다는 것은 관계를 맺는 것'이라고 합니다. 관계를 맺음이 없이 길들이는 것이
나 불평등한 관계 밑에서 길들여진 모든 것은, 본질에 있어서 억압입니다. 관계를 맺는다는 것의 진정한 의미는 무
엇을 서로 공유하는 것이라 생각됩니다. 한 개의 나무의자든, 높은 정신적 가치든, 무엇을 공유한다는 것은 같은
창문 앞에 서는 공감을 의미하며, 같은 배를 타고 있는 운명의 연대를 뜻하는 것이라 생각됩니다. 작년까지만 하더
라도 인적이 없던 이 산기슭에 지금은 새하얀 벽과 벽에 의하여 또박또박 분할된 수많은 공간들로 가득 찼습니다.

제2부   나는 걷고 싶다

꿈에 뵈는 어머님
－어머님께

3월 중순인데도 뒤늦게야 해살*맞은 바람에다 엊그제 저녁은 진눈깨비 섞인 비까지 흩뿌립니다. 올봄도 계절을 정직하게 사는 꽃들이 늦추위에 떠는 해가 되려나 봅니다.

세전歲前*에 아버님 혼자 오셨을 때 아버님께선 날씨 탓으로 돌리셨지만 저는 어머님이 몸져 누우신 줄 짐작하였습니다. 접견 마치고 혼자 소문所門*을 나가시는 아버님을 이윽고 바라보았습니다. 아버님은 어머님과 함께 걸으실 때도 언제나 네댓 걸음 앞서 가시지만 그날은 아버님의 네댓 걸음 뒤에도 어머님이 계시지 않았습니다. 그렇더라도 설마 치레 잦은 감기몸살이겠거니 하고 우정* 염려를 외면해 왔습니다만 막상 형님 편에 그것이 매우 위중한 것임을 알고부터는 연일 꿈에 어머님을 봅니다.

꿈에 뵈는 어머님은 늘 곱고 젊은 어머님인데 오늘 새벽 잠 깨어

새삼스레 어머님 연세를 꼽아 보니 일흔여섯, '극노인'極老人*임에 놀라지 않을 수 없었습니다. 제가 징역 들어오고 난 최근의 십수년이 어머님의 심신을 얼마나 깊게 할퀴어 놓은 것인지도 모르고 제 나이를 스물일곱인 줄 알듯이, 어머님도 매양 그전처럼만 여겨 온 저의 미욱함*이 따가운 매가 되어 종아리를 칩니다.

"인제 죽어도 나이는 아까울 게 없다" 하시며 입 다물어 버리신 그 뒷말씀이 기실* 저로 인하여 가슴에 응어리진 한恨임을 모르지 않기 때문에 제게도 어머님께 드리고 싶은 말씀이 응어리가 되어 쌓입니다. 언젠가는 어머님과 함께 어머님의 이 응어리진 아픔에 대하여 이야기 나누고 싶습니다. 이 아픔은 어디에서 연유하는 것이며, 우리는 이를 어떻게 받아들여야 하는가, 같은 세월을 살아가는 다른 사람들은 어떤 아픔을 속에 담고 있으며 그것은 어머님의 그것과 어떻게 상통相通되는가, 냇물이 흘러흘러 바다에 이르듯 자신의 아픔을 통하여 모든 어머니들이 가슴에 안고 있는 그 숱한 아픔들을 만날 수는 없는가, 그리하여 한 아들의 어머니라는 '모정母情의 한계'를 뛰어넘어, 개인의 아픔에서 삶의 진실과 역사성을 깨달을 수는 없는가…….

접견은 짧고 엽서는 좁아 언제나 다음을 기약할 뿐인 미진함은 저를 몹시 피곤하게 합니다. 그러나 한편 생각해 보면 어머님께선 이미 이 모든 것을 달관하고 계실 뿐 아니라 누구보다도 깊이 저를 꿰뚫어 보고 계심에 틀림없다는 생각이 듭니다.

지자막여부知子莫如父. 자식을 아는 데는 부모를 덮을 사람이 없다는 옛말처럼, 어머님은 이 세상의 누구보다도 저를 잘 아시고 또 저의 친구들을 숱하게 아실 뿐 아니라 빠짐없이 공판정에 나오셔서 어느덧 어머님의 생각의 품 바깥으로 걸어 나와 버린 아들의 이야기를 한마디도 놓치지 않으시려던 그때의 모습을 회상하면, 아마 어머님은 제가 어머님을 알고 있는 것보다 더 많이 저를 알고 계심을 깨닫게 됩니다. 어머님의 모정은 이 모든 것을 포용할 수 있을 만큼 품*이 넓고 그 위에 아들에 대한 튼튼한 신뢰로 가득 찬 것이라 믿습니다.

기다림은 더 많은 것을 견디게 하고 더 먼 것을 보게 하고, 캄캄한 어둠 속에서도 빛나는 눈을 갖게 합니다. 어머님께도 기다림이 집념이 되어 어머님의 정신과 건강을 강하게 지탱해 주시기 바랍니다.

어머님께서 걱정하시던 겨울도 가고 창밖에는 갇힌 사람들에게는 잔인하리만큼 화사한 봄볕이 땅속의 풀싹들을 깨우고 있습니다.

함께 맞는 비
– 형수님께

상처가 아물고 난 다음에 받은 약은 상처를 치료하는 데 사용하기에는 너무 늦고, 도리어 그 아프던 기억을 상기시키는 역할을 하는 경우가 있습니다. 이것은 단지 시기가 엇갈려 일어난 실패의 사소한 예에 불과하지만, 남을 돕고 도움을 받는 일이 경우에 따라서는 도움이 되기는커녕 더 큰 것을 해치는 일이 됩니다.

  함께 징역을 살아가는 사람 중에는 접견도, 서신도, 영치금*도 없이 받은 징역을 춥게 살면서도 비누 한 장, 칫솔 한 개라도 남의 신세를 지지 않으려는 고집 센 사람들이 많이 있습니다. 모르는 사람들은 이러한 사람들을 두고 남의 호의를 받아들일 줄 모르는 좁은 속을 핀잔하기도 하고, 가난이 만들어 놓은 비뚤어진 심사를 불쌍하게 여기기도 하고, 단 한 개의 창문도 열지 않는 어두운 마음을 비난하기도 합니다.

남의 호의를 거부하는 고집이 과연 좁고 비뚤고 어두운 마음의 소치*인가. 우리는 공정한 논의를 위하여 카메라를 반대편, 즉 베푸는 자의 얼굴에도 초점을 맞추어 조명해 볼 필요가 있다고 생각합니다.

칫솔 한 개를 베푸는 마음도 그 내심을 들추어 보면 실상 여러 가지의 동기가 그 속에 도사리고 있음을 우리는 겪어서 압니다. 이를테면 그 대가를 다른 것으로 거두어들이기 위한 상략*적商略的인 동기가 있는가 하면, 비록 물질적인 형태의 보상을 목적으로 하지는 않으나 수혜자 측의 호의나 협조를 얻거나, 그의 비판이나 저항을 둔화시키거나, 극단적인 경우 그의 추종이나 굴종을 확보함으로써 자기의 신장伸張을 도모하는 정략적政略的인 동기도 있으며, 또 시혜자라는 정신적 우월감을 즐기는 향락적享樂的인 동기도 없지 않습니다. 이러한 동기에서 나오는 도움은 자선이라는 극히 선량한 명칭에도 불구하고 그 본질은 조금도 선량한 것이 못됩니다. 도움을 받는 쪽이 감수해야 하는 주체성의 침해와 정신적 저상沮喪*이 그를 얼마나 병들게 하는가에 대하여 조금도 고려하지 않고 서둘러 자기의 볼일만 챙겨 가는 처사는 상대방을 한 사람의 인간적 주체로 보지 않고 자기의 환경이나 방편으로 삼는 비정한 위선입니다.

이러한 것에 비하여 매우 순수한 것으로 알려진 '동정'이라는 동기가 있습니다. 이것은 측은지심惻隱之心*의 발로로서 고래古來의 미덕으로 간주되고 있습니다. 그러나 이 동정이란 것은 객관적으로는 문제의 핵심을 흐리게 하는 인정주의의 한계를 가지며 주관적으로는 상대방의 문제 해결보다는 자기의 양심의 가책을 위무慰撫*하려는 도피주의의 한계를 갖는 것입니다. 뿐만 아니라 동정은 동정받는 사람으로 하여금 동정하는 자의 시점에서 자신을 조감*케 함으로써 탈기脫氣*와 위축을 동시에 안겨 줍니다. 이 점에서 동정은, 공감의 제일보라는 강변強辯*에도 불구하고 그것은 공감과는 뚜렷이 구별되는 값싼 것임에 틀림없습니다.

여러 가지를 부단히 서로 주고받으며 살아가는 징역 속에서, 제게도 저의 호의가 거부당한 경험이 적지 않습니다. 처음에는 상대방의 비좁은 마음을 탓하기도 하였지만, 순수하지 못했던 나 자신의 저의를 뒤늦게 발견하고는 스스로 놀란 적이 한두 번이 아니었습니다. 사실, 남의 호의를 거부하는 고집에는 자기를 지키려는 주체성의 단단한 심지가 박혀 있습니다. 이것은 얼마간의 물질적 수혜에 비하여 자신의 처지를 개척해 나가는 데 대개의 경우 훨씬 더 큰 힘이 되어 줍니다.

사람은 스스로를 도울 수 있을 뿐이며, 남을 돕는다는 것은 그 '스스로 도우는 일'을 도울 수 있음에 불과한지도 모릅니다. 그래서 저는 "가르친다는 것은 다만 희망을 말하는 것이다"라는 아라공*의 시구를 좋아합니다. 돕는다는 것은 우산을 들어 주는 것이 아니라 함께 비를 맞으며 함께 걸어가는 공감과 연대의 확인이라 생각됩니다.

꽃순이
－형수님께

'꽃순이'는 밤이면 쥐들의 놀이터가 되는 악대 실습장을 지키게 하기 위하여 악대부원들이 겨우겨우 구해 온 고양이의 이름입니다.

지금은 가출(?)해 버린 지 일 년도 더 넘어서 몰라볼 만큼 의젓한 한 마리의 '도둑고양이'로 바뀌었을 뿐 아니라 꽃순이라는 이름을 비웃기나 하듯 솔방울만한 불알을 과시하며 '쥐와 고양이의 대결'로 점철®된 교도소의 밤을 늠름하게 걷는 모습을 먼 빛으로 가끔 볼 수 있을 따름입니다.

처음 고양이를 데려왔을 때는 꽃순이라는 이름이 어울리는 귀여운 새끼고양이였습니다. 사람들의 손에 의한 부양과 사람들의 무분별한 애완은 금방 고양이를 무력하게 만들고, 고양이로서의 자각을 더디게 하여 아무리 기다려도 쥐들을 자기의 먹이나 적으로 삼을 생각을 않았습니다. 쥐들로부터 찬장과 빨래, 책 등을 지키게 하려던 애초의 의

도가 무산되자 이제는 사람들의 경멸과 학대가 영문 모르는 새끼고양이를 들볶기 시작했습니다. 높은 데서 떨어뜨려지기도 하고 발길에 채이기도 하고, 연탄불 집게에 수염이 타기도 하고, 안티플라민이 코에 발리기도 하는 등……, 강훈強訓이란 이름의 장난과 천대 속에 눈만 사납게 빛내다가 드디어 어느날 밤 비닐 창문을 뚫고 최초의 가출을 시작하였습니다.

그러나 어린 고양이에게 가출은 또 다른 고생과 위험의 연속이었습니다. 우선 강아지만한 양재공장의 검은 고양이가 자기의 영지*에 침입한 이 새끼고양이를 받아들이지 않았습니다. 우리는 한밤중에 꽃순이의 자지러지는 비명을 듣기도 하고 다리를 절며 후미진 곳으로 도는 처량한 모습을 보기도 하였습니다.

그후 꽃순이는 몇 차례 제 발로 돌아오기도 하고 어떤 때는 테니스 네트로 수렵을 당하여 묶여 지내기도 하였습니다. 그러나 가장 뜻깊은 사실은, 이처럼 파란만장한 역사를 겪는 동안 이제는 사랑도 미움도 시들해져 버린 악대부원들의 관심 밖으로 서서히 그리고 완전히 걸어 나와 '고양이의 길'을 걸어갔다는 사실입니다. 얼마 전에는 꽃순이가 양재공장의 검은 고양이와 격렬한 한판 승부에서 비기는 현장을 목격하고 꽃순이의 변모와 성장을 대견해 하기도 하였습니다.

지금도 밤중에 고양이 소리가 나면 우리 방의 악대부원 서너 명은 얼른 창문을 열고 지나가는 고양이를 향해 "꽃순아!" 하고 상냥한 목소리로 아는 척을 합니다. 그러나 꽃순이는 사람들의 기척에 잠시 경계의 몸짓을 해보일 뿐 이쪽의 미련은 거들떠보지도 않습니다. '꽃순이'라는 옛날의 이름으로 부르는 쪽이 잘못이었는지도 모릅니다.

꽃순이에 대한 다음의 이야기는 쓰지 않으려고 하였습니다만 생각 끝에 덧붙여 두기로 하였습니다. 그것은 며칠 전 악대부원 몇 사람과 함께 지도원 휴게실에 들렀다가 거기서 우유며 통조림을 얻어먹고 있는 꽃순이를 본 사실입니다. 언제부터 먹을 것이 많은 이 지도원실을 드나들었는지 알 수 없지만 그날의 꽃순이는 먼 빛으로 보며 대견해 했던 '밤의 왕자'가 아니었습니다. '가발공장에 다니던 영자를 중동中洞 창녀촌에서 보았을 때의 심정'을 안겨 주는 것이었습니다. 그러나 '꽃순이의 실패'도 '중동의 영자'나 이곳에 사는 모든 사람들의 실패와 마찬가지로 그가 겪었을 모진 시련과 편력*을 알지 못하는 '남'들로서는 함부로 단언할 수 없는 것임은 물론입니다.

독다산讀茶山 유감有感
― 아버님께

유배지의 정다산丁茶山*을 쓴 글을 읽었습니다. 이조를 통틀어 대부분의 유배자들이 배소配所*에서 망경대望京臺나 연북정戀北亭 따위를 지어 임금에 대한 변함없는 충성과 연모를 표시했음에 비하여 다산은 그런 정자를 짓지도 않았거니와 조정이 다시 자기를 불러 줄 것을 기대하지도 않았습니다. 그는 해배解配*만을 기다리는 삶의 피동성과 그 피동성이 결과하는 무서운 노쇠老衰를 일찍부터 경계하였습니다. 그는 오히려 농민의 참담한 현실을 자신의 삶으로 안아 들이는 애정과 능동성을 통하여 자신의 삶에 새로운 지평을 열었을 뿐 아니라, 나아가 이조의 묵은 사변思辨*에 신신新新한 목민牧民*의 실학實學*을 심을 수 있었다 하겠습니다.

다산의 이러한 애정과 의지는 1800년 그가 39세로 유배되던 때부터 1818년 57세의 고령으로 해배될 때까지의 18년이란 긴 세월 동안

한시도 흐트러진 적이 없었으며 마침내 『목민심서』牧民心書* 등 500권의 저술을 비롯하여 실학의 근간을 이룬 사색의 온축蘊蓄*을 이룩하였습니다. 물론, 다산학茶山學과 실학에 대해서는 일정한 한계와 편향이 없지 않음이 지적될 수 있다고 생각됩니다. 이를테면 이조 후기, 봉건적 지배 질서가 무너지기 시작하고, 농민들이 그 거칠고 적나라한 저항의 모습을 역사의 무대에 드러내는 이른바 '민강民强의 시대'에, 봉건 질서의 청산이 아닌 그것의 보정補整·개량이라는 구궤舊軌를 벗어나지 못하였다고 하겠습니다. 목민심서의 '목'牧 자에 담긴 관학적官學的 인상印象과 '심'心 자에서 풍기는 그 관념성 역시 그냥 지나쳐 버릴 수 없는 것이라 생각합니다.

그러나 이는 다산 개인의 한계로서가 아니라 다산이 살던 그 시대 자체의 역사적 미숙으로 받아들여져야 하리라고 믿습니다. 더구나, 나아가 벼슬자리에 오르면 왕권주의자가 되고 물러나 강호江湖*에 처하면 자연주의자가 되기 일쑤인 모든 봉건 지성의 시녀성과 기회주의를 둘 다 시원히 벗어던지고, 갖가지의 수탈 장치 밑에서 허덕이는 농민의 현실 속에 내려선 다산의 생애와 사상은 분명, 새 세기의 새로운 양식의 지성에 대한 값진 전범典範*을 보인 것이라 할 수 있습니다.

저는 다산 선생의 유배 생활을 아득히 더듬어 보면서 실로 부러움을 금치 못합니다. 그가 거닐었던 고성암, 백련사, 구강포의 산천이며, 500여 권의 저술을 낳은 산방山房*과 서재, 그리고 많은 지기知己*

와 제자들의 우의*가 그렇습니다.

　그러나 다산 선생의 유배 생활을 부러워하는 것은 그만 못한 저의 징역 현실을 탓하려 함이 아니며 더구나 저의 무위無爲를 두호斗護*하려 함도 아닙니다. 왜냐하면 무엇을 만든다는 것은 먼저 무엇을 겪는다는 것이며, 겪는다는 것은 어차피 '온몸'으로 떠맡는 것이고 보면 적성積成*이 없다 하여 절절한 체험 그 자체를 과소평가할 수 없는 것이기 때문입니다.

　그러기에 제가 정작 부러워하는 것은 객관적인 처지의 순역順逆*이 아닙니다. 생사별리生死別離 등 갖가지 인간적 고초로 가득 찬 18년에 걸친 유형의 세월을 빛나는 창조의 공간으로 삼은 '비약飛躍'이 부러운 것입니다. 그리고 비약은 그 어감에서 느껴지는 화려함처럼 어느날 갑자기 나타나는 '곱셈의 논리'가 아니라는 점에서 더욱 그렇습니다.

녹두 씨을

-계수님께

지난 8일에는 공주로 사회참관을 다녀왔습니다. 무녕왕릉은 연전^{年前}에도 다녀온 일이 있었습니다만 이번에는 그곳을 돌아 나오면서 갑오농민혁명의 최대 격전지였던 '우금치'[*]를 찾았던 일이 매우 인상 깊었습니다. 그곳에는 '갑오농민혁명기념비'^{甲午農民革命紀念碑}라 부조^{浮彫}된 그리 크지 않은 비가 석대^{石臺}[*] 위에 서 있고, 주위의 잡목과 성근 잔디는 때마침 추풍에 구르는 낙엽들로 해서 잊혀져 가고 있는 유적지 특유의 스산한 풍경을 만들고 있었습니다.

저는 이날 저녁 제가 가진 근대사의 우금치 공방전에 관한 부분을 다시 읽어 보았습니다. 종전에는 소위 공주전투에 참가한 농민군의 수가 10~20만으로 알려져 왔으나 그 대부분은 편의대^{便衣隊}[*]의 봉기 농민과 그 가족들이었고 실제의 병력은 훨씬 적은 것으로 밝혀졌습니다.

농민군의 전투부대는 전봉준이 인솔한 4,000명을 포함한 호남농민군 1만을 주축으로 한 도합 2만이었다고 합니다. 그외에 목천木川 세성산細城山의 김복용 부대와, 효포孝浦에 진출한 옥천포 부대가 있었으나 이들은 우금치 전투의 전초전에서 일본군과 관군의 선제 기습공격으로 괴멸되었기 때문에 공주전투에는 참가하지 못하였으며, 일찍이 전주화약全州和約에 이르기까지 연전연승*해 온 손화중, 최명선 부대는 일본군의 해안 상륙에 대비하여 나주에 주둔하였고, 김개남 부대는 후비後備* 부대로서 전주에 남아 있었습니다. 이처럼 농민군 주력이 공주, 나주, 전주 세 방면으로 분산된 반면 관군과 일본군은 공주 일점一點에 그 전력을 집중시키고 있었습니다. 원래 농민군의 전략상의 강점은 관군을 광범한 농촌, 농민들 속으로 깊숙이 분산, 유인하여 타격하는 운동전運動戰에 있음에도 불구하고 공주전투에서는 이 집중과 분산의 전략이 역전되어 있었다는 것이 결정적 결함으로 지적되고 있습니다. 이러한 결함은 후일 신돌석 부대 등 농민 출신 의병장의 의병투쟁에서 발전적으로 극복되게 되지만 이는 너무나 값비싼 희생을 치른 교훈이라 하겠습니다.

이에 비하여 상대편은 미나미오 시로南小四郎 소좌*가 이끄는 일본군 정예 1,000명, 그리고 관군으로는 중앙 영병*中央 營兵 3,500명, 지방영병 7,000명으로 도합 1만여 명이었습니다. 그들은 화력과 장비에 있어서 월등할 뿐 아니라 특히 일본군은 관군을 그들의 작전 지휘 아래 두어 병력의 부족을 충분히 보강하였을 뿐 아니라 일본 국내에서의 내란 진압, 대만에서의 민중 탄압, 청일전쟁 등 풍부한 실전 경험을 갖추고 있었습니다.

1894년 12월 4일 농민군은 이곳 우금치를 삼면에서 포위하여 30리의 장사진으로 그 처절한 격전을 전개하였습니다. 뺏고 빼앗기기 40, 50차를 거듭한 6~7일간의 혈전에서, 결국 일본군의 집중된 전력과 지리地利, 우세한 화력과 작전에 정면 승부를 건 농민군이 무참한 패배를 당하게 됩니다. 이곳 우금치의 전투를 분수령으로 하여 농민군은 끝내 그 세를 만회하지 못한 채 은진, 금구, 태인 등지에서 패배에 패배를 거듭, 농민군의 피로써 그 막을 내리게 됩니다.

갑오농민전쟁은 그 참담한 패배에도 불구하고 19세기 아시아 민족운동의 큰 봉우리로서, 그리고 그 이후 한국 근대사의 골간을 이루는 의병투쟁, 독립전쟁의 선구로서 찬연히 빛나고 있다는 점에서 저는 "누가 프랑스 혁명*을 실패로 끝났다고 하는가?"라는 앙드레 말로*의 노기 띤 반문을 상기하게 됩니다.

어느 시인은 녹두장군의 죽음에 다음과 같이 헌시獻詩하고 있습니다.

나는 죽어 쑥국새* 되리라.
이 강산 모든 땅 위를 날며, 햇살 빛덩이를 찍어 물어,
집집마다 토담마다 가슴마다 묻고 심고 심고 묻는…….

그날 우리는 무심한 아이들 네댓 명 멀찌감치 서서 지켜보는 가운데 사과를 먹고 당시의 혈전을 증거 하듯 붉게 타는 단풍잎 한 장 가지고 돌아왔습니다. 돌아오는 차 속에서 절구絕句 한 짝 읊어 보았습니다.

　　　　산함려성인내천 녹두화처풍사연
　　　　山含黎聲人乃天 綠豆花處楓似然
　　　　(산천에는 사람이 하늘이라는 민중의 함성이 배어 있고
　　　　녹두꽃 피었던 곳에는 단풍이 불타듯 붉도다.)

　　그저께 아버님 다녀가신 편에 소식 잘 들었습니다. 빈백鬢白*의 아버님께 듣는 어머님의 입원 소식은 마음 아픈 일입니다. 형수님, 계수*님께서 잘 간호하시리라 믿습니다. 지난 달에 보내 주신 돈 받고 10월 22일 편지 드렸습니다만 못 받으셨다니 다시 적었습니다.
　　이제 성큼 겨울로 다가선 느낌입니다. 교도소의 차가운 땅을 그 밝은 금빛 꽃송이로 따뜻이 데워 주던 황국黃菊도 인제는 꽃을 떨어 버리고 뿌리로만 남아서 겨울을 맞이할 채비를 하고 있습니다.

녹두 씨올

시험의 무게

− 형수님께

지금도 이따금 꾸는 꿈 중에 국민학교 때의 시험장 광경이 있습니다. 꿈에 보는 시험장은 언제나 초조하고 불안한 분위기로 가득 찬 것입니다. 이를테면 시험 시간에 대지 못하여 아무도 없는 운동장, 긴 복도를 부랴부랴 달려왔으나 교실문은 굳게 닫혀 열리지 않고 급우들은 제 답안지에 얼굴을 박고 있을 뿐, 시간은 자꾸 흐르고, 땀도 흐르고……. 그러다 깜짝 잠이 깨면 30년도 더 지난 아득한 옛날의 기억입니다.

30년도 더 된 옛일이 지금도 꿈이 되어 가위 누르는 것을 보면 어린이들의 마음을 누르는 시험의 무게가 얼마나 가혹한 것이었던가를 다시 생각케 합니다.

가장 이상적인 교육은 놀이와 학습과 노동이 하나로 통일된 생활의 어떤 멋진 덩어리−일감−을 안겨 주는 것이라 합니다. 『논어』*

「옹야편」雍也篇에 '지지자 불여호지자 호지자 불여락지자'知之者 不如好
之者 好知者 不如樂之者라는 구절이 있습니다. 안다는 것은 좋아하는 것만
못하고 좋아하는 것은 그것을 즐기는 것만 못하다 하여 '지'知란 진리
의 존재를 파악한 상태이고, '호'好가 그 진리를 아직 자기 것으로 삼
지 못한 상태로 보는 데에 비하여 '낙'樂은 그것을 완전히 터득하고
자기 것으로 삼아서 생활화하고 있는 경지로 풀이되기도 합니다.

즐거운 마음으로 무엇을 궁리해 가며 만들어 내는 과정을 살펴보
면, 우선 그 즐거움은 놀이이며, 궁리는 학습이고, 만들어 내는 행위
는 곧 노동이 됩니다. 이러한 생활 속의 즐거움이나 일거리와는 하등
의 인연도 없이 칠판에 백묵으로 적어 놓은 것이나 종이에 인쇄된 것
을 '진리'라고 믿으라는 '요구'는 심하게 표현한다면 어른들의 폭력
이라 해야 합니다. 이런 무리한 요구에 억눌려 자라지 못하는 무수한
가능성의 싹들을 생각하면 시험과 성적과 모범 등……, 이러한 학교
의 도덕적 규준*이 만들어 내는 품성이 과연 어떠한 것인가에 대하여
회의를 품지 않을 수 없게 됩니다.

창의성 있고 개성 있는 어린이, 굵은 뼈대를 가진 어린이를 알아보
지 못하고 도리어 불량 학생이란 흉한 이름을 붙여 일찌감치 엘리트
코스에서 밀어내 버리고, 선생님 말 잘 듣고 고분고분 잘 암기하는 수
신형受信型의 편편약골*을 기르고 기리어 사회의 동량棟樑*의 자리를
맡긴다면 평화로운 시기는 또 그렇다 치더라도 역사의 격동기에 조

국을 지켜 나가기에는 아무래도 미덥지 못하다 생각됩니다. 저는 훨씬 나중에야 그 '우등'의 본질을 보다 정확하게 파악하고 열등생으로의 대전락大轉落(?)을 경험하게 되지만, 어린 시절 우등생이라는 명예(?)가 어쩐지 다른 친구들로부터 나를 소외시키는 것 같아 일부러 심한 장난을 저질러 선생님의 꾸중을 자초하던 기억이 있습니다. 이러한 장난들은 우등생과 열등생 사이를 넘나들던 정신적 갈등의 표현이었음을 지금에야 깨닫게 됩니다.

저는 우용이와 주용이가 시험 성적이 뛰어난 우등생에 그치지 않고 동시에 자기의 주견主見*과 창의에 가득 찬 강건한 품성을 키워 가기 바랍니다.

그날 학교 앞에서 잠시 삼촌을 보여 줄 때 '우용이, 주용이는 아직 어리고 삼촌은 또 바빠서' 다만 '다음'을 약속하고 바람같이 떠나고 말았습니다만 우용이의 침착하고, 주용이의 발랄한 인상에서 결코 약골이 아님을 읽을 수 있었습니다. 소년을 보살피는 일은 천체망원경의 렌즈를 닦는 일처럼 별과 우주와 미래를 바라보는 일이라 생각됩니다.

한 발 걸음
─형수님께

우리 방에서 가장 빨리 달리는 20대의 청년과 가장 느린 50대의 노년이 경주를 하였습니다. 토끼와 거북이의 우화를 실연實演해 본 놀이가 아니라 청년은 한 발로 뛰고 노년은 두 발로 뛰는 일견 공평한 경주였습니다. 결과는 예상을 뒤엎고 50대 노년이 거뜬히 이겼습니다. 한 발과 두 발의 엄청난 차이를 실감케 해준 한판 승부였습니다. 우김질* 끝에 장난삼아 해본 경주라 망정이지 정말 다리가 하나뿐인 불구자의 패배였다면 그 침통함이란 이루 형언키 어려웠을 것입니다.

그런데 징역살이에서 느끼는 불행 중의 하나가 바로 이 한 발 걸음이라는 외로운 보행입니다. 실천과 인식이라는 두 개의 다리 중에서 '실천의 다리'가 없기 때문입니다. 사람은 실천 활동을 통하여 외계의 사물과 접촉함으로써 인식을 가지게 되며 이를 다시 실천에 적용하는 과정에서 그 진실성이 검증되는 것입니다. 실천은 인식의 원천인 동시에 그 진리성의 규준*이라 합니다.

이처럼 '실천→인식→재실천→재인식'의 과정이 반복되어 실천의 발전과 더불어 인식도 감성적 인식에서 이성적 인식으로 발전해 갑니다. 그러므로 이 실천이 없다는 사실은 거의 결정적인 의미를 띱니다. 그것은 곧 인식의 좌절, 사고의 정지를 의미합니다. 흐르지 않는 물이 썩고, 발전하지 못하는 생각이 녹슬 수밖에 없는 이치입니다.

제가 징역 초년, 닦아도 닦아도 끝이 없는 생각의 녹을 상대하면서 깨달은 사실은 생각을 녹슬지 않게 간수하기 위해서는 앉아서 녹을 닦고 있을 것이 아니라 생각 자체를 키워 나가야 한다는 사실이었습니다. 요컨대 일어서서 걸어야 한다는 것입니다.

"이랑 많이 일굴수록 쟁깃날은 빛나고", 유수봉하해流水逢河海, 흐르는 물은 바다를 만난다는 너무나 평범한 일상의 재확인이었습니다만 이것이 제게 갖는 뜻은 결코 예사로운 것이 아니었습니다. 그러나 막상 일어나서 걷고자 할 경우의 허전함, 다리 하나가 없다는 절망은 다시 그 자리에 주저앉게 합니다.

징역 속에 주저앉아 있는 사람들이 맨 처음 시작하는 일이 책을 읽는 일입니다. 그러나 독서는 실천이 아니며 독서는 다리가 되어 주지 않았습니다. 그것은 역시 한 발 걸음이었습니다. 더구나 독서가 우리를 피곤하게 하는 까닭은 그것이 한 발 걸음이라 더디다는 데에 있다기보다는 '인식→인식→인식……'의 과정을 되풀이하는 동안 앞으로 나아가기는커녕 현실의 튼튼한 땅을 잃고 공중으로 공중으로 지극히 관념화해 간다는 사실입니다.

그래서 결국 저는 다른 모든 불구자가 그러듯이 목발을 짚고 걸어가기로 작정하였습니다. 제가 처음 목발로 삼은 것은 다른 사람들의 경험 즉 '과거의 실천'이었습니다.

목발은 비록 단단하기는 해도 자기의 피가 통하는 생다리와 같을 수 없기 때문에 두 개의 다리가 줄곧 서로 차질을 빚어 걸음이 더디고, 뒤뚱거리고, 넘어지기 일쑤였습니다. 그러나 이 어색한 걸음새도 세월이 흐르고 목발에 손때가 묻으면서 그럭저럭 이력이 나고 보속步速*과 맵시(?)가 붙어 갔습니다.

그런데 이 경우의 소위 이력이란 것이 제게는 매우 귀중한 교훈을 주는 것입니다. 그것은 목발이 생다리를 닮아서 이루어진 숙달이 아니라 반대로 생다리가 목발을 배워서 이루어진 숙달이라는 사실입니다. 다시 말하자면 나의 인식이 내가 목발로 삼은 그 경험들의 임자들의 인식을 배우고 그것을 닮아감으로써 비로소 걸음걸이를 얻었다는 사실입니다. 목발의 발전에 의한 것이 아니라 생다리의 발전에 의한 것이라는 사실은 사전事前에는 반대로 예상했던 것이었던 만큼 실로 충격적인 것이었습니다.

더욱 놀라운 것은 함께 살아가고 있는 징역 동료들의 경험들이 단지 과거의 것으로 화석화되어 있지 않고 현재의 징역 그 자체와 튼튼히 연계되거나 그 일부를 구성하고 있음으로 해서 강렬한 현재성을 띠고 있다는 사실입니다. 과거의 실천이란 죽은 실천이 아니라 살아서 숨 쉬고 있는 것이라는 사실의 발견은 나의 목발에 피가 통하고 감각이 살아나는 듯한 감동을 안겨 주는 것이었습니다.

실천이란 반드시 극적 구조를 갖춘 큰 규모의 일만이 아니라 사람이 있고 일거리가 있는 곳이면 어디든지 흔전으로 널려 있다는 제법 익은 듯한 생각을 가져 보기도 합니다.

사람은 각자 저마다의 걸음걸이로 저마다의 인생을 걸어가는 것이겠지만, 땅을 박차서 땅을 얻든, 그 위에 쓰러져 그것을 얻든, 죽어서 땅속에 묻히기까지는 거대한 실천의 대륙 위를 걸어가게 마련이라 생각됩니다.

3월, 길고 추웠던 겨울이 끝나려 하고 있습니다. 어쩌면 옥담 밑 어느 후미진 곳에 봄은 벌써 작은 풀싹으로 와 있는지도 모를 일입니다. 어떻든 봄은 산 너머 남쪽에서 오는 것이 아니라 발 밑의 언땅을 뚫고 솟아오르는 것이라 생각됩니다.

닫힌 공간, 열린 정신
─형수님께

옷은 새 옷이 좋고 사람은 헌 사람이 좋다고 하는데, 집의 경우는 어느 쪽이 좋은지 생각중입니다. 집은 옷과 달라서 우리 몸에 맞추어 지은 것이 아니며, 집은 사람과 달라서 시간이 흘러도 양보해 주지 않습니다. 새 교도소에 이사 와서 보니 새집은 역시 길들일 것이 많습니다.

소혹성에서 온 어린 왕자는 '길들인다는 것은 관계를 맺는 것'이라고 합니다. 관계를 맺음이 없이 길들이는 것이나 불평등한 관계 밑에서 길들여진 모든 것은, 본질에 있어서 억압입니다. 관계를 맺는다는 것의 진정한 의미는 무엇을 서로 공유하는 것이라 생각됩니다. 한 개의 나무의자든, 높은 정신적 가치든, 무엇을 공유한다는 것은 같은 창문 앞에 서는 공감을 의미하며, 같은 배를 타고 있는 운명의 연대를 뜻하는 것이라 생각됩니다.

작년까지만 하더라도 인적이 없던 이 산기슭에 지금은 새하얀 벽과 벽에 의하여 또박또박 분할된 수많은 공간들로 가득 찼습니다. 저는 그 중의 어느 각진 1.86평 공간 속에 곧추앉아서 이 냉정한 공간과 제가 맺어야 할 관계에 대하여 생각해 봅니다.

수많은 공간과 그것의 지극히 작은 일부를 채우는 64kg의 무게, 높은 옥담과 그것으로는 가둘 수 없는 저 푸른 하늘의 자유로움을 내면화하려는 의지……. 한마디로 닫힌 공간과 열린 정신의 불편한 대응에 기초하고 있는 이러한 관계는 교도소의 구금拘禁* 공간과 제가 맺어야 할 역설적 관계의 본질을 선명하게 밝혀 줍니다. 그것은 길들여지는 것과는 반대 방향을 겨냥하는 이른바 긴장과 갈등의 관계입니다. 그것은 관계 이전의 어떤 것, 관계 그 자체의 모색이라 해야 할 것입니다.

긴장과 갈등으로 팽팽히 맞선 관계는 대자적對者的 인식의 한 조건일 뿐 아니라 모든 '살아 있는' 관계의 실상입니다. 관계를 맺고 난 후의 편안하게 길들여진 안거安居*는 일견 '관계의 완성' 또는 '완숙한 관계'와 같은 외모를 하고 있지만 그 내부에는 그것을 가져다 준 관계 그 자체의 붕괴가 시작되고 있음을, 이미 붕괴가 끝나 가고 있음을 허다히 보아 왔기 때문입니다.

저는 새 교도소에 와서 느끼는 이 갈등과 긴장을 교도소 특유의 어떤 것, 또는 제 개인의 특별한 경험 내용에서 연유된 것이라 생각하지 않고, 사물의 모든 관계 속에 항상 있어 온 '관계 일반의 본질'이 우연한 계기를 만나 잠시 표출된 것으로 생각합니다. 그래서 저는 이 긴장과 갈등을 그것 자체로서 독립된 대상으로 받아들이기보다 도리어 이것을 통하여 관계 일반의 본질에 도달할 수 있는 하나의 시점으로 이해하려 합니다. 그리하여 제 자신과 제 자신이 놓여 있는 존재 조건을 정직하게 인식하는 귀중한 계기로 삼고자 합니다. 그러나 저는 이 긴장과 갈등을 견딜 수 있고 이길 수 있는 역량을 제 개인의 고독한 의지 속에서 구하려 하지 않습니다. 그것은 새하얀 벽과 벽에 의하여 또박또박 분할된 그 수많은 공간마다에 사람들이 가득 차 있다는 사실에서 무엇보다도 확실하게 얻어질 수 있기 때문입니다.

비단 갇혀 있는 사람들뿐만 아니라 우리들이 많은 사람들 속에 존재하고 있다는 튼튼한 연대감이야말로 닫힌 공간을 열고, 저 푸른 하늘을 숨쉬게 하며……, 그리하여 긴장과 갈등마저 넉넉히 포용하는 거대한 대륙에 발 딛게 하는 우람한 힘이라 믿고 있습니다. 관계를 맺는다는 것은 '아픔'을 공유하는 것에서부터 시작하는 것인가 봅니다.

보내 주신 돈과 시계 잘 받았습니다. 잠겨 있는 옥방 안에서도 시계는 잘 갑니다. '막힌 공간에 흐르는 시간'……, 흡사 반칙反則 같습니다.

팔목에 시간을 가지고 있더라도 시간에 각박해지지 않도록 노력하겠습니다. 어차피 무기징역은 유유한 자세를 필요로 합니다.

4월의 훈풍*은 산과 나무와 흙과 바위와 시멘트와 헌 종이와 빈 비

닫힌 공간, 열린 정신

닐봉지에까지 아낌없이 따뜻한 입김을 불어넣어 주고 있습니다. 가내의 평안을 빕니다.

타락의 노르마
- 계수님께

옛날의 귀부인들은 노예가 있는 옆에서 서슴없이 옷을 갈아입었다 합니다. 옆에 아무도 없는 것〔傍若無人〕으로 치든가 고양이나 강아지가 있는 것쯤으로 생각했던가 봅니다. 그러나 당시의 노예들은 생각마저 묶여 있어서 제대로 바라보지도 못하였으리라 생각됩니다. 그에 비하면 오늘의 수인*들은 그 의식이 훨씬 자유롭기 때문에 많은 것을 관찰하는 셈입니다.

　맨홀에서 작업중인 인부에게 길가는 사람들의 숨긴 곳이 노출되듯이, 낮은 자리를 사는 수인들에게는 사람들의 치부*를 직시할 수 있는 의외의 시각이 주어져 있습니다. 비단 다른 사람들뿐만 아니라 재소자 자신들도 징역 들어와 머리 깎고 수의로 옷 갈아입을 때 예의, 염치, 교양……, 이런 것들도 함께 벗어 버리는 사람이 대부분입니다. 이러저러한 까닭으로 해서 우리는 사람들을 쉽게 존경하지 않습니다.

꾸민 표정, 걸친 의상은 물론 지위, 재산, 학벌, 경력 등 소위 알몸이 아닌 모든 겉치레에 대하여 지극히 냉정한 시선을 키워 두고 있습니다. 인간과 그 인간이 걸치고 있는 외식外飾을 구별하는 이 냉정한 시선은 다른 곳에서는 여간해서 얻기 어려운 하나의 통찰임에 틀림없으며 그렇기 때문에 별로 가진 것이 없는 우리들에게는 귀중한 자산資産의 하나가 아닐 수 없습니다.

　그러나 이것은 그 사람의 가장 불우한 모습과, 그 사람의 가장 어두운 목소리로 그를 판단하는 것이며, 자칫 사람을 판단함에 있어 가학적加虐的 악의를 드러내기 쉬우며 그럼으로써 자기 자신의 결함을 합리화하려는 것입니다. 타인의 결함이 자기의 결함을 구제해 줄 수 없음에도 불구하고 사람을 그 결함에서 먼저 인식하여 비슷한 것이라도 발견되면 서둘러 안도의 심정이 되는 것은 남은 고사하고 자기 자신의 성장을 가로막는 고약한 심사가 아닐 수 없습니다. 사람의 많은 부분은 상황에 따라 굴절되어 표현되기 때문에 그때그때의 구체적인 현상을 어떤 순수한 본질에 비추어 규정하려는 태도는 이상주의적 환상이 아니면 처음부터 부정적인 결론을 의도하는 비난 그 자체라 해야 합니다.

　우리가 살고 있는 징역살이만 하더라도 거기에는 수의가 요구하는 일정한 '타락의 노르마*'가 있습니다. 그것이 어떤 평균치이건, 또는 하나의 가정치假定値이건 이 '노르마'는 수의를 입은 모든 사람을 사전적事前的으로 규정합니다. 이것은 사회가 수인들을 보는 선입관에 그치지 않고 수인들이 자기 자신을 바라보는 경우에도 작용하는 이른바 안에서도 밖에서도 벗어나기 어려운 완고한 형틀입니다. 수인들로 하여금 징역 속에서 예의나 염치를 헌옷 벗듯 손쉽게 벗어 버리게 하는 것도 바로 이 '타락의 노르마'입니다.

사람의 많은 부분이 상황에 따라 굴절되어 표현됨과 동시에 반대로 상황이 사람의 많은 부분을 굴절시킨다는 사실을 수긍한다면 우리는 상황과 인간을 함께 타매唾罵*하거나 함께 용서할 수밖에 없다는 겸손한 생각을 길러야 합니다.

사람을 판단하는 것은, 그 판단의 주체가 또한 사람이라는 사실이 그것을 더욱 어렵게 하고 있습니다. 사람은 누구나 자신의 처지에 눈이 달리게 마련이고 자신의 그릇만큼의 강물밖에 뜨지 못합니다. 이러한 자신의 제한성과 특수성을 올바로 깨닫지 못하는 한 자기의 생각과 견해를 넓혀 나가기는 몹시 어렵다고 생각됩니다.

징역의 이데올로기(?) 속에 격납格納*되어 있는 이 가학적이고 냉소적인 시각은 어떤 형태로든 청산되어야 할 징역의 응달입니다. 그러나 징역이 아니면 얻기 어려운 냉정한 시각과 그 적나라한 인간학으로 해서 기존의 도덕적 베일, 분식粉飾*과 허위로부터 시원하게 벗어난 자유로운 정신은 징역의 모든 중압을 보상해 주고도 남는 값진 것이 아닐 수 없습니다. 이 자유로운 정신은 계란이 병아리를 약속하듯 새로운 것에로의 가능성을 안고 있다고 믿습니다.

　나는 징역에 고유한 '타락의 노르마'가 부끄러운 것이기보다 오히려 쾌적한 것으로 느껴지고, 우리들의 옆에서 행해지는 방약무인傍若無人*의 언행이 노엽다기보다 가식 없는 실체를 보여 주는 소중한 통찰로 생각됩니다.

　새 교도소는 가까이 산이 있다는 사실이 커다란 구원입니다. 산의 모양도 정다울 뿐 아니라 암석과 수목이 서로 사이좋게 산을 나누어 흡사 강유剛柔*를 겸비한 군자의 풍모입니다. 더욱이 5월의 산은, 어딘가 바랜 듯하던 빛깔의 3, 4월 산과 달리, 하루가 다르게 더해 가는 신록으로 하여 바야흐로 소매 걷어붙이고 무언가 시작하려는 듯한 활기로 가득 차 있습니다. 콘크리트 벽에 둘러싸여 있기도 하지만 더 크게는 5월의 산에 둘러싸여 있는 나에게는 과연 어떤 새로움이 싹트고 있는지 살펴보아야겠습니다.

민중의 창조
― 형수님께

형수님께서 보내 주신 『민중 속의 성직자들』 그리고 돈 잘 받았습니다. 그들을 말미암음으로써 우리가 사는 시대를 더욱 선명하게 바라볼 수 있는 시각을 키워 주는 '응달의 사람들', 소외되고 억눌리고 버려진 사람들 속에 자기 자신을 심고 그들과 함께 고반苦飯을 드는 사람과 자비의 이야기들은 뜻있는 삶이 어떤 것인가를 크지 않는 목소리로 말해 주고 있습니다. 이 책을 읽는 동안 저의 뇌리를 줄곧 떠나지 않는 것은 "우리 시대의 민중은 누구인가?", "우리 사회의 민중은 어디에 있는가?"라는 집요한 자문自問입니다.

어느 시대, 어느 사회든 민중의 든든한 실체를 파악한다는 것은 매우 어려운 일이 아닐 수 없으며, 민중의 실체를 파악하지 못하는 한 그 시대, 그 사회를 총체적으로 인식할 수 없는 법입니다.

우리는 과거의 역사적 사실로서의 민중, 특히 격변기의 역사 무대에 그 모습을 확연히 드러낸 경우의 민중에 대해서는 잘 알고 있습니다. 그러나 당대 사회의 생생한 현재 상황 속에서 민중의 진정한 실체를 발견해 내는 데는 많은 사람들이 실패하고 있음을 우리는 알고 있습니다. 착종錯綜*하는 이해관계와 이데올로기의 대립, 현실의 왜곡, 사실의 과장, 진실의 은폐 등 격렬한 싸움의 현장에서 민중의 참모습을 발견해 내고 그것의 합당한 역량을 신뢰하기는 지극히 어려운 일이 아닐 수 없습니다.

기껏 잡은 것이 민중의 '그림자'에 불과하거나 '그때 그곳의 우연'에다 보편적인 의미를 입히고 있는 등……, 감상과 연민이 만들어 낸 민중이란 이름의 허상이 우리들을 한없이 피곤하고 목마르게 합니다. 그것은 '왜 불행한가?'라는 불행의 원인에 대한 질문에로는 한 걸음도 나아가지 못하고 모든 것을 참으며 모든 것을 견디게 하는 '눈물의 예술'로 그 격이 떨어져 있기 때문입니다. 결국 그것은 위안을 줌으로써 삶을 상실케 하는 것이기 때문입니다.

저는 십수년의 징역살이 그 일인칭의 상황을 살아오면서 민중이란 결코 어디엔가 기성既成의 형태로 존재하는 것이 아니라 항상 새로이 '창조'되는 것이라 생각해 오고 있습니다.

응달의 불우한 사람들이 곧 민중의 표상이 아님은 물론, 민중을 만날 수 있는 최소한의 가교假橋*가 되어 주지도 않습니다. 민중을 불우한 존재로 선험先驗*하려는 데에 바로 감상주의의 오류가 있는 것입니다.

민중은 당대의 가장 기본적인 모순을 계기로 하여 창조되는 '응집되고 증폭된 사회적 역량'입니다. 이러한 역량은 단일한 계기에 의하여 단번에 나타나는 가벼운 걸음걸이의 주인공이 아닙니다. 장구한 역사 속에 점철*된 수많은 성공과 실패, 그 환희와 비탄의 기억들이 민족사의 기저基底에 거대한 잠재력으로 묻혀 있다가 역사의 격변기에 그 당당한 모습을 실현하는 것입니다.

그러나 민중을 이렇게 신성시하는 것도 실은 다른 형태의 감상주의입니다. 어떠한 시냇물을 따라서도 우리가 바다로 나아갈 수 있듯이 아무리 작고 외로운 골목의 삶이라 하더라도 그곳에는 민중의 뿌리가 뻗어 와 있는 것입니다. 이것이 바로 민중 특유의 민중성입니다. 부족한 것은 당사자들의 투철한 시대정신과 유연한 예술성입니다.

그 허상의 주변을 서성이며 민중을 신뢰하지 못하고 있는 많은 사람들의 실패가 설령 그들 각인의 의식과 역량의 부족에 연유된 것이라 할지라도, 저는 그들 개인의 한계에 앞서 우리 시대, 우리 사회 자체의 역사적 미숙으로 이해하려고 합니다. 왜냐하면 개인의 인식과 역량은 기본적으로는 사회적 획득물이기 때문입니다.

이사온 지 두 달입니다만 아직도 쓸고 닦고 파고 메우고 고르고……, 크고 작은 일들로 주변이 어수선합니다. 그러나 새벽의 여름 산에서 들려오는 산새소리, 때묻지 않은 자연의 육성은 갖가지

인조음에 시달려 온 우리의 심신을 5월의 신록처럼 싱싱하게 되살려 줍니다.

엿새간의 귀휴

- 계수님께

어제 저녁 두 통 한꺼번에 배달된 계수*님의 편지는 나의 생각을 다시 서울로 데려갑니다. 귀휴歸休란 돌아가 쉰다는 뜻인데도 아직 마음 편히 쉬기에는 일렀던가 봅니다. 귀휴 기간 동안 내가 해야 했던 것은 우선 엿새 동안에 지난 16년의 세월을 사는 일이었습니다. 16년 세월에 담긴 중량重量을 짐 지는 일이며, 그 세월이 할퀴고 간 상처의 통증을 되살리는 일이었습니다. 그리고 만나는 모든 사람들의 시선이 향하고 있는 곳—나 자신을, 나도 또한 바라보지 않을 수 없었습니다.

다행히 십수년의 세월은 그 빛깔이나 아픔을 훨씬 묽게 만들어 주었고 가족들도 그 엄청난 충격을 건강하게 극복해 두고 있어서 어떤 것은 마치 남의 일 대하듯 담담하게 이야기 나눌 수 있었습니다. 기쁜 일입니다.

그러나 그 오랜 세월에도 불구하고 풍화風化되지 않고 하얗게 남아 있는 슬픔의 뼈 같은 것이 함몰된 세월의 공허와 더불어 잔잔한 아픔으로 안겨 오기도 하였습니다. 짐 지고 서서 사는 일에는 어지간히 이력이 났거니 생각해 온 나로서는 의외다 싶을 정도로 힘겨웠고 가족들의 따뜻한 포용에도 좀체 풀리지 않는 '어떤 갈증'에 목말라 하기도 했습니다. 아마 계수님이 편지에 적은 '애정의 안식처'에 대한 갈구였는지도 모릅니다.

그러한 애정과 안식의 문제라면, 세상 사람들과 같은 옷 입고 섞여 보아도 결코 사라지지 못하던 소외감이 그러한 갈구의 부당함을 준열히* 깨우쳐 주었고 나 자신 이전에 이미 정리해 두고 있었던 일이기도 하였습니다.

그러나 교도소로 돌아오는 형님의 차 안에서 넥타이 풀고, 와이셔츠, 저고리, 바지 등 세상의 옷들을 하나하나 벗어 버리고 다시 수의로 갈아입을 때, 그때의 유별난 아픔은 냉정한 이성의 언어를 거부하는 감정의 독립 같은 것이었습니다. 결국 이곳에 돌아와 자도자도 끝이 없는 졸음과 잠으로 대신할 수밖에 없었던 '휴식'이 차라리 잘된 일이라 생각됩니다.

돌이켜 생각해 보면 귀휴 기간 동안에 내가 힘 부쳐 했던 아픔과 갈증은 나 자신의 조급하고 밭은* 생각 때문이란 반성을 갖게 됩니다. '사랑하기보다는 사랑받으려 하고 이해하기보다는 이해받으려 하는' '마음의 가난'에 연유한 것이라 생각됩니다.

남에게 자기를 설명하려고 하는 충동은 한마디로 자기 자신에 대한 자신감의 결여를 반증하는 것이라는 점에서 그것은 어차피 나 자신의 개인적인 문제로 귀착되는 것입니다.

　바쁜 동생의 생활 질서를 깨뜨려 놓았음은 물론 아무것도 모르는 꼬마들만 빼놓고, 여러 사람들을 본의 아니게 교란하지나 않았나 무척 송구스럽습니다. 늘 뒷켠으로 한 걸음 물러선 자리에서, 계수님의 표현대로 제일 아랫서열이기 때문에, 항상 어른들과 손님들의 울타리 바깥에서 무언가 내게 주려고 부지런히 오가며 애쓰던 계수님의 표정이 눈에 선합니다. 친정부모님과 동생들께도 나의 '부족한 말씀과 인사'에 대하여 양해받아 주시고 다음을 약속해 주시기 바랍니다. 계수님과도 물론 어린이 놀이터에서의 부족했던 이야기 다시 약속합니다.

　의외로 많은 사람들이 나를 기다리고, 지켜보고 있음을 알 수 있었습니다. 이것이 곧 나로 하여금 이곳을 견디게 하고 나 자신을 지켜 나가게 해주는 힘임을 모르지 않습니다.

일의 명인 名人
–형수님께

1급수들은 휴일을 이용하여 노력봉사를 하는 일이 가끔 있습니다. 형수님이 보시고 놀라던 그 긴 복도를 청소하기도 하고, 잡초를 뽑거나 빗물로 메인 배수로를 열기도 하고 땅을 고르는 등 비교적 간단한 작업입니다.

저는 휴일에 작업이 있기만 하면 빠지는 일이 없습니다. 여러 사람이 함께 일을 하면 그 자체가 하나의 '학교'가 되게 마련이지만 특히 제게는 두 사람의 훌륭한 '스승'을 배울 수 있는 귀중한 기회이기 때문에 절대로 빠지는 일이 없습니다. 이 두 사람의 스승은 학식도 없고 집안 형편도 어려워 징역살이도 자연 '국으로 찌그러져' 사는 응달의 사람입니다. 제가 이 두 사람을 스승으로 마음 두고 있는 까닭은 '일'이 사람을 어떻게 키워 주고 사람을 어떻게 개조하는가를 이분들의 말없는 행동을 통하여 깨닫기 때문입니다.

첫째 이 두 사람은 일을 '발견'하는 눈이 매우 탁월합니다. 저는 물론이고 다른 사람들의 눈에는 미처 일거리로 보이지 않는 것도 이 두 사람의 눈길이 닿으면 마치 조명을 받은 피사체처럼 대뜸 발견되고 맙니다. 그것도 자잘한 잔챙이를 낚아서 바지런 떠는 그런 부류와는 달리 별로 힘들이는 기색이나 생색내는 일도 없이 큼직큼직한 일거리, 꼭 필요한 일머리*를 제때에 찾아내는 솜씨란 과연 오랜 세월을 일과 더불어 살아 온 '일의 명인名人'다운 풍모를 느끼게 합니다.

둘째로 이 두 사람은 일을 두고 그냥 지나치지 못하는 '가녀린 심정'을 가지고 있습니다. 주변에 일손을 기다리는 일거리가 있거나 비뚤어져 있는 물건이 한 개라도 있으면 그만 마음이 불편해서 견디지 못하는 그런 심정의 소유자입니다. 이분들에게 있어서 일이란 외부의 어떤 대상이 아니라 삶의 내면을 이루는 존재 조건 그 자체임을 알 수 있습니다. 무심히 걷는 몇 발자국의 걸음 중에도 항상 무엇인가를 바루어* 놓고 말며, 다른 일로 오가는 중에도 반드시 무얼 하나씩 들고 가고 들고 옵니다. 잠시 동안도 빈손일 때가 없습니다.

셋째로 이 두 사람은 여러 사람과 함께 일하는 경우에는 언제나 제일 많은 사람이 달라붙는 말단의 바닥일을 골라잡습니다. 일부의, 더러는 먹물이 좀 들어 있는 사람들이, 반드시 힘이 덜 들어서가 아니라, 약간 독특한 작업상의 위치를 선호하여 자신을 다른 사람들과 일정하게 구별하려는 경향이 있음에 비하여 이 두 사람은 언제나 맨 낮은 자리, 그 무한한 대중성 속에 철저히 자신을 세우고 있습니다. 바로 이 점에서 이 두 사람은 제게 다만 일솜씨만을 가르치는 '기술자'의 의미를 넘어서 '사람'을 가르치는 사표師表가 되고 있습니다. 그래서 저는 이 두 사람이 걸레를 잡으면 저도 걸레를 잡고, 이 두 사람이 삽을 잡으면 저도 얼른 삽을 잡습니다. 이분들의 옆에 항상 나 자신의 자리를 정함으로 해서 깨달은 사실은 여러 사람들 속에 설 때의 그 든든함이 우리를 매우 힘 있게 만들어 준다는 것입니다.

교편을 잡으시던 부모님 슬하에서 어려서부터 줄곧 학교에서 자라 노동의 경험은 물론, 노동자들과의 생활마저 부족했던 제게 징역과 징역 속의 여러 스승이 갖는 의미는 실로 막중한 것이 아닐 수 없습니다.

바다가 가장 낮은 자리에서 그 큼을 이루고 꽃송이가 다발을 이루어 큰 꽃이 되는 그 변증법의 비밀이 실은 우리의 가장 비근한 일상의 노동 속에 흔전으로 있는 것임에 새삼 우리들 자신의 맹목을 탓하지 않을 수 없습니다.

보내 주신 책 두 권은 열독*이 허가되지 않아 읽지는 못하였습니다만 보내 주신 마음은 잘 읽고 있습니다. 사람도 물건도 출입이 어려운 마을에 살고 있음을 알겠습니다.

관계의 최고 형태
― 형수님께

어느 일본인 기자가 쓴 '한국인'에 관한 글을 읽었습니다. 젊은 동료한 사람이 그 글의 진의眞意를 물어 와서 일부러 시간을 내어 읽어 본것입니다만 제가 읽어 본 일본의 몇몇 민주적인 지식인의 글에 비하면 그 격이 훨씬 떨어지는 3류의 것이었습니다. 저는 이 작은 엽서에서 그 글의 내용을 탓하려고도 않으며 또 그 글에 숨어 있는 필자의민족적 오만이나 군국주의의 변태變態를 들추려고도 않습니다. 한마디로 그 글은 우리가 어떤 대상을 인식하거나 서술한다는 것이 얼마나 어려운 일인가를 다시 한번 깨닫게 해준 반면反面의 교사였습니다.

우리가 인식하거나 서술하려는 대상이 비교적 간단한 한 개의 사물이나 일개인인 경우와는 달리 사회나 민족이나 한 시대를 대상으로 삼을 경우 그 어려움은 실로 막중한 것이 아닐 수 없습니다. 대상이 이처럼 거대한 총체인 경우에는 필자의 관찰력이나 부지런함 따위는 별로 도움이 되지 않습니다. 하물며 필자의 문장력이나 감각은 아무 소용이 없습니다. 사회·역사 의식이나 철학적 세계관에 기초한 과학적 사상체계가 갖추어져 있지 않는 한, 아무리 많은 자료를 동원하고 아무리 해박한 지식을 구사한다 하더라도 결국은 코끼리를 더듬는 장님 꼴을 면치 못할 것입니다.

그러나 이러한 과학적 사고보다 더 중요하고 결정적인 것은 바로 대상과 필자의 '관계'라 생각합니다. 대상과 필자가 어떠한 관계로 연결되는가에 따라서 얼마만큼의 깊이 있는 인식이, 또 어떠한 측면이 파악되는가가 결정됩니다. 이를테면 대상을 바라보기만 하는 관계, 즉 구경하는 관계 그것은 한마디로 '관계 없음'입니다. 구경이란 말 대신 '관조'*라는 좀더 운치 있는 어휘로 대치하더라도 마찬가지입니다. 세상에는 관조만으로 시작되고 관조만으로서 완결되는 인식이란 없기 때문입니다.

대상과 자기가 애정의 젖줄로 연결되거나, 운명의 핏줄로 맺어짐이 없이, 즉 대상과 필자의 혼연한 육화肉化* 없이 대상을 인식·서술할 수 있다는 환상, 이 환상이야말로 우리 시대에 범람하는 저널리즘이 양산해 낸 특별한 형태의 오류이며 기만입니다. 저널리즘은 항상 제 3의 입장, 중립의 불편부당*이라는 허구의 위상을 의제擬制*하여 거기에 높은 가치를 부여하고, 대상과 관계를 가진 모든 입장을 불순하고 저급한 것으로 폄하함으로써 사람들로 하여금 구경꾼, 진실의 낭비자로 철저히 소외시킵니다. 상품의 소비자, 스탠드 위의 관객, TV 앞의 시청자 등…… 모든 형태의 구경꾼의 특징은 대상과 인식 주체 간의 완벽한 격리에 있습니다.

이처럼 대상과 인식 주체가 구별, 격리되어 있는 경우에는 시종 양자의 차이점만이 발견되고 부각됩니다. 그러기 때문에 대상을 관찰하면 할수록 자기와는 점점 더 다른 무엇으로 나타나고, 가까이 접근하면 할수록 더욱더 멀어질 뿐입니다. 그리하여 종내에는 대상을 잃어버림과 동시에 자기 자신마저 상실하고 마는 것입니다.

우리는 소위 문화인류학이 식민주의의 첨병尖兵*으로서 세계의 수많은 민족을 대상화하여 그들의 민속과 전통문화 그리고 그들의 정직한 인간적 삶을, 자기들의 그것과 다르다는 이유로, 자기들의 침탈을 다른 이름으로 은폐할 목적으로, 야만시하고 왜곡해 왔으며, 그러한 부당한 왜곡이 결국은 대상의 상실뿐 아니라 자신의 인간적 양심을 상실케 함으로써 그토록 잔혹한 침략의 세기世紀를 연출해 내었던 사실을 알고 있습니다.

징역 사는 우리들 재소자도 대상화되고 있기는 마찬가지입니다. 죄명별, 범죄 유형별……, 여러 가지 표식標識에 따라 분류되기도 하고, 범죄심리학, 이상심리학, 심리전 등 각종 심리학의 연구 대상이 되기도 하는데, 이 경우 대부분의 연구자들에게서는 그들이 대상으로 삼고 있는 재소자들이 그들과 동시대를 살고, 동일한 사회관계 속에 연대되고 있다는 거시적인 깨달음을 기대하기가 어렵습니다.

그러므로 그러한 분류 연구나 심리학적 관찰은 결국 그들과는 전혀 딴판인 이를테면 '종'種을 달리하는 네안데르탈인만큼이나 멀리 떨어진 '범죄 인종'犯罪人種을 발견해 내고 만들어 내도록 예정되어 있는 것입니다.

그리하여 발견된 범죄 인종의 여러 가지 패륜은 그들 자신과는 하등의 인연도 없는, 수십만 년의 거리가 있는 것이란 점에서 그들 자신의 윤리적 반의叛意를 자위하고 두호斗護하고 은폐하는 데 역용逆用됨으로써 결국 그들 자신을 패륜화하는 악순환을 낳기도 합니다. 시대와 사회를 공유하고 있는 사람들은 각자의 처한 위치가 아무리 다르다 하더라도 차이점보다는 공통점이 더 많은 법입니다. 그러므로 우리의 어떤 대상에 대한 인식의 출발은 대상과 내가 이미 맺고 있는 관계의 발견에서부터 시작되어야 한다고 믿습니다. 검은 피부에 대한 맬컴 엑스의 관계, 알제리에 대한 프란츠 파농의 관계······.

주체가 대상을 포용하고 대상이 주체 속에 육화된 혼혈의 엄숙한 의식을 우리는 세계의 도처에서, 역사의 수시隨時에서 발견합니다. 이러한 대상과의 일체화야말로 우리들의 삶의 진상을 선명하게 드러내주는 동시에 우리 스스로를 정직하게 바라보게 해주는 것이라 생각됩니다.

머리 좋은 것이 마음 좋은 것만 못하고, 마음 좋은 것이 손 좋은 것만 못하고, 손 좋은 것이 발 좋은 것만 못한 법입니다. 관찰보다는 애정이, 애정보다는 실천적 연대가, 실천적 연대보다는 입장의 동일함이 더욱 중요합니다. 입장의 동일함 그것은 관계의 최고 형태입니다.

관계의 최고 형태

나이테
－형수님께

나무의 나이테가 우리에게 가르치는 것은 나무는 겨울에도 자란다는 사실입니다. 그리고 겨울에 자란 부분일수록 여름에 자란 부분보다 훨씬 단단하다는 사실입니다.

햇빛 한 줌 챙겨 줄 단 한 개의 잎새도 없이 동토凍土에 발목 박고 풍설風雪에 팔 벌리고 서서도 나무는 팔뚝을, 가슴을, 그리고 내년의 봄을 키우고 있습니다. 부산스럽게 뛰어다니는 사람들에 비해 겨울을 지혜롭게 보내고 있습니다.

형님, 우용이, 주용이 밝고 기쁜 새해가 되길 기원합니다.

한 해 동안의 옥바라지 감사드립니다.

여름 징역살이
– 계수님께

없는 사람이 살기는 겨울보다 여름이 낫다고 하지만 교도소의 우리들은 없이 살기는 더합니다만 차라리 겨울을 택합니다. 왜냐하면 여름 징역의 열 가지 스무 가지 장점을 일시에 무색케 해버리는 결정적인 사실——여름 징역은 자기의 바로 옆사람을 증오하게 한다는 사실 때문입니다.

모로 누워 칼잠을 자야 하는 좁은 잠자리는 옆사람을 단지 37℃의 열덩어리로만 느끼게 합니다. 이것은 옆사람의 체온으로 추위를 이겨 나가는 겨울철의 원시적 우정과는 극명한 대조를 이루는 형벌 중의 형벌입니다.

자기의 가장 가까이에 있는 사람을 미워한다는 사실, 자기의 가장 가까이에 있는 사람으로부터 미움받는다는 사실은 매우 불행한 일입니다. 더욱이 그 미움의 원인이 자신의 고의적인 소행에서 연유된 것이 아니고 자신의 존재 그 자체 때문이라는 사실은 그 불행을 매우 절망적인 것으로 만듭니다. 그러나 무엇보다도 우리 자신을 불행하게 하는 것은 우리가 미워하는 대상이 이성적으로 옳게 파악되지 못하고 말초 감각에 의하여 그릇되게 파악되고 있다는 것, 그리고 그것을 알면서도 증오의 감정과 대상을 바로잡지 못하고 있다는 자기 혐오에 있습니다.

자기의 가장 가까운 사람을 향하여 키우는 '부당한 증오'는 비단 여름 잠자리에만 고유한 것이 아니라 없이 사는 사람들의 생활 도처에서 발견됩니다. 이를 두고 성급한 사람들은 없는 사람들의 도덕성의 문제로 받아들여 그 인성人性을 탓하려 들지도 모릅니다. 그러나 우리는 알고 있습니다. 오늘 내일 온다온다 하던 비 한줄금 내리고 나면 노염老炎*도 더는 버티지 못할 줄 알고 있으며, 머지않아 조석의 추량秋涼*은 우리들끼리 서로 키워 왔던 불행한 증오를 서서히 거두어 가고, 그 상처의 자리에서 이웃들의 '따뜻한 가슴'을 깨닫게 해줄 것임을 알고 있습니다. 그리고 추수秋水*처럼 정갈하고 냉철한 인식을 일깨워 줄 것임을 또한 알고 있습니다.

다사多事했던 귀휴 1주일의 일들도 이 여름이 지나고 나면 아마 한 장의 명함판 사진으로 정리되리라 믿습니다. 변함없이 잘 지내고 있습니다. 친정부모님과 동생들께도 안부 전해 주시기 바랍니다.

인동忍冬의 지혜
-형수님께

형기刑期가 1년 6월 이상이 되면 그 속에 겨울이 두 번 들게 됩니다. 겨울이 두 번 드는 징역을 '곱징역'이라 합니다. 겨울 징역이 그만큼 어렵기 때문에 붙여진 이름이라 생각됩니다.

특히 자기 체온 외에는 온기 한 점 찾을 수 없는 독거獨居는 그 추위가 더합니다. 그럼에도 저는 지난 가을 이래 독거하고 있습니다. 제가 구태여 독거를 마다하지 않는 것은 추위가 징역살이의 가장 큰 어려움이라고는 생각지 않기 때문입니다. 교도소의 겨울이 대단히 추운 것이긴 하지만 그 대신 이곳에는 오래전부터 수많은 징역 선배들이 수십 번의 겨울을 치르면서 발전시켜 온 '인동忍冬의 지혜'가 마치 무의촌*의 토방土方*처럼 면면히* 구전되어 오고 있습니다.

이 숱한 지혜들에 접할 때마다 그 긴 인고의 세월 속에서 시린 몸으로 체득한 그 지혜들의 무게와 그 무게가 상징하는 힘겨운 삶이 싱

싱한 현재성을 띠고 우리의 삶 속에 뛰어듭니다.

겨울 추위는 이처럼 역경에서 발휘되는 강한 생명력을 확인하고 신뢰하게 합니다. 뿐만 아니라 겨울 추위는 몸을 차게 하는 대신 생각을 맑게 해줍니다. 그래서 저는 언제나 여름보다 겨울을 선호합니다. 다른 계절 동안 자잘한 감정에 부대끼거나 신변잡사*에 얽매여 있던 생각들이 드높은 정신 세계로 시원하게 정돈되고 고양되는 것도 필경 겨울에 서슬져 있는 이 추위 때문이라 믿습니다. 추위는 흡사 '가난'처럼 불편할 따름입니다. 그리고 불편은 우리를 깨어 있게 합니다.

저는 한 평 남짓한 독거실의 차가운 공간을 우리의 숱한 이웃과 역사의 애환으로 가득 채워 이 겨울을 통렬한 깨달음으로 자신을 달구고 싶습니다.

지리부도를 펴놓고 새로 이사한 대치동을 찾아보았습니다. 잠실에서 가까워 형수님의 잠실 출근(?)길이 줄었다 싶습니다. 407호면 4층, 이촌동 집과는 달라 화분에 햇빛 가득 담기리라 생각됩니다. 형수님의 얼굴에도 햇빛 가득 담기길 바랍니다.

나는 걷고 싶다
— 계수님께

작년 여름 비로 다 내렸기 때문인지 눈이 인색한 겨울이었습니다. 눈이 내리면 눈 뒤끝의 매서운 추위는 죄다 우리가 입어야 하는데도 눈한번 찐하게 안 오나, 젊은 친구들 기다려 쌓더니 얼마 전 사흘 내리눈 내리는 날 기어이 운동장 구석에 눈사람 하나 세웠습니다. 옥뜰에서 있는 눈사람. 연탄 조각으로 가슴에 박은 글귀가 섬뜩합니다.

"나는 걷고 싶다."

있으면서도 걷지 못하는 우리들의 다리를 깨닫게 하는 그 글귀는단단한 눈뭉치가 되어 이마를 때립니다. 내일모레가 2월 초하루. 눈사람도 어디론가 가고 없고 먼 데서 봄이 오는 기척이 들립니다.

새끼가 무엇인지, 어미가 무엇인지
－아버님께

참새집에서 참새새끼를 내렸습니다.

날새*들 하늘에 두고 보자며 한사코 말렸는데도 철창 타고 그 높은 데까지 올라가 기어이 꺼내 왔습니다. 길들여서 데리고 논다는 것입니다. 아직 날지도 못하는 부리가 노란 새끼였습니다. 손아귀 속에 놀란 가슴 할딱이고 있는데 사색이 된 어미참새가 가로세로 어지럽게 날며 머리 위를 떠나지 못합니다.

"저것 봐라. 에미한테 날려 보내 줘라."

"날도 못하는디요?"

"그러믄 새집에 도로 올려 줘라."

"3사 늠들이 꺼내갈 껀디요? 2사 꺼는 위생늠들이 꺼내서 구워 먹어뿌렀당께요."

"……."

손을 열어 땅에다 놓았더니 어미새가 번개같이 내려와 서로 몸 비비며 어쩔 줄 모릅니다. 함께 날아가 버리지도 못하고, 그렇다고 그 높은 새집까지 안고 날아오를 수도 없고, 급한대로 구석으로 구석으로 데리고 가 숨박는데,

"저러다가 쥐구멍에 들어갔뿌리믄 쥐밥 된당께."

그것도 끔찍한 일입니다. 어쩔 수 없기는 우리도 마찬가지입니다. 결국 방으로 가지고 왔습니다. 마침 빌어 두었던 쥐덫에 넣어 우선 창문턱에 얹어 놓았습니다.

어느새 알아냈는지 어미새 두 마리가 득달같이 쫓아왔습니다.

처음에는 방 안의 사람 짐승을 경계하는 듯하더니 금세 아랑곳하지 않고 오로지 새끼한테 전념해 버립니다. 쉴새없이 번갈아 먹이를 물어 나릅니다. 놀라운 일입니다. 그리고 다행한 일입니다.

"거 참 잘됐다. 우리가 아무리 잘 먹여야 에미만 하겠어? 에미가 키우게 해서 노랑딱지 떨어지면 훨훨 날려 보내 주자."

이렇게 해서 새끼참새는 날 수 있을 때까지 당분간 쥐덫 속에서 계속 어미새의 부양을 받으며 살아야 합니다. 먹이를 물어 나르던 어미새는 쥐덫에 갇혔다가 놓여 나는 혼찌검을 당하고도 조금도 변함이 없습니다.

새끼가 무엇인지, 어미가 무엇이지, 생명이 무엇인지…….

참새를 바라보는 우리의 마음이 아픕니다.

저는 물론 어머님을 생각했습니다. 정릉 골짜기에서 식음을 전폐하시고 공들이시던 어머님 생각에 마음이 아픕니다. 20년이 지나 이제는 빛바래도 좋을 기억이 찡하고 가슴에 사무쳐 옵니다.

현명한 사람은 자기를 세상에 잘 맞추는 사람인 반면에 어리석은 사람은 그야말로 어리석게도 세상을 자기에게 맞추려고 하는 사람이라고 했습니다. 그러나 역설적이게도 세상은 이런 어리석은 사람들의 우직함으로 인하여 조금씩 나은 것으로 변화해 간다는 사실을 잊지 말아야 한다고 생각합니다. 우직한 어리석음, 그것이 곧 지혜와 현명함의 바탕이고 내용입니다. '편안함' 그것도 경계해야 할 대상이기는 마찬가지입니다. 편안함은 흐르지 않는 강물이기 때문입니다. '불편함'은 흐르는 강물입니다. 흐르는 강물은 수많은 소리와 풍경을 그 속에 담고 있는 추억의 물이며 어딘가를 희망하는 잠들지 않는 물입니다.

제3부 어리석은 자의 우직함이 세상을 조금씩 바꿔 갑니다

청년들아 나를 딛고 오르거라
– 얼음골 스승과 허준

이 엽서는 고향의 산기슭에서 띄웁니다. 스승 유의태가 제자 허준으로 하여금 자신의 시신을 해부하게 하였던 골짜기입니다.

소설 『동의보감』의 바로 그 얼음골입니다. 오뉴월 삼복三伏에는 얼음으로 덮이고 겨울에는 오히려 더운 물이 흐르는 계곡입니다. 인체의 해부가 국법으로 금지돼 있던 시절, 스승은 이 얼음골로 제자 허준을 불러들였던 것입니다.

스승의 부름을 받고 찾아간 허준의 앞에는 왕골자리에 반듯이 누운 채 자진自盡한 스승의 시체와 시체 옆에 남겨진 유서가 황촉불에 빛나고 있었습니다. 사람의 병을 다루는 자가 신체의 내부를 모르고서 생명을 지킬 수 없기에 병든 몸이나마 네게 주노니 네 정진의 계기로 삼으라고 적은 유서. 그 앞에 무릎을 꿇어앉은 허준.

의원의 길을 괴로워하거나, 병든 이를 구하기를 게을리 하거나, 이를 빙자해 돈이나 명예를 탐하거든 어떠한 벌이라도 달게 받을 것을 맹세한 다음 스승의 시신을 칼로 가르던 허준의 모습이 어둠 속에서 되살아나는 듯합니다.

오늘은 그날의 햇불 대신 타는 듯한 단풍이 어둠을 밝히고 있습니다. 나는 바위너덜*에 앉아 생각했습니다. 소설 속의 유의태와 허준의 이야기는 물론 소설가가 그려 낸 상상의 세계이며, 사실이 아닐 수도 있습니다. 그러나 그것이 비록 사실은 아니라 하더라도 '진실'임에는 틀림없다고 믿습니다. 사실이라는 그릇은 진실을 담아내기에는 언제나 작고 부족한 것이기 때문입니다.

내가 20년의 징역살이와 7년여의 칩거 후에 가장 먼저 찾아온 곳이 이곳 얼음골이라는 사실이 내게도 잘 설명이 되지 않습니다. 갇힌 사람들에게 '출소'의 가장 큰 의미는 '독보'獨步*입니다. 혼자서 다닐 수 있는 권리를 그곳에서는 '독보권'이라 하였습니다. 가고 싶은 곳에 혼자서 갈 수 있다는 것은 참으로 가슴 설레는 해방감이었습니다.

이제 어머님에 이어 홀로 남아 계시던 아버님마저 세상을 떠나셨습니다. 나는 차라리 허전한 마음으로 기차를 타고 무작정 떠나왔습니다. 오뉴월이 아닌 가마볼 얼음골에는 이미 얼음이 없었습니다. 그러나 그것은 그리 중요한 일이 아닙니다. 스승과 제자가 서로를 처절하게 승계하는 현장에서 나는 배우고 가르치는 일의 엄정함 하나만으로도 가슴 넘치는 감회를 금할 수 없습니다. 우리는 어차피 누군가의 제자이면서 동시에 스승이기도 합니다. 이 배우고 가르치는 이른 바 사제師弟의 연쇄를 더듬어 확인하는 일이 곧 자신을 정확하게 통찰하는 길이라 생각합니다.

중학교 때던가 나는 이곳에 아버님을 따라온 적이 있습니다. 여든일곱에 440여 쪽의 책을 출간하시고 여든여덟에 세상을 떠나신 아버님이 생각납니다. 아버님은 그 책에서 사람은 그 부모를 닮기보다 그 시대를 더 많이 닮는다고 하였지만 내가 고향에 돌아와 맨 처음 느낀 것은 사람은 먼저 그 산천을 닮는다는 발견이었습니다.

산의 능선은 물론 나무와 흙빛까지 그토록 친근할 수가 없었습니다. 신토불이身土不二*란 말이 세계무역기구WTO 체제 이후 한낱 광고 문안으로 왜소화되어 버렸지만 어린 시절의 산천이 바로 자신의 정서적 모태가 되고 있다는 깨달음이었습니다. 산천과 사람, 스승과 제자의 원융圓融*. 이것이 바로 삶의 가장 보편적인 모습이 아닐까 생각됩니다.

어둠에 묻혀 가는 얼음골 위로 석양을 받아 빛을 발하고 있는 암봉巖峰이 문득 허준의 얼굴처럼 보이기도 하고 스승 유의태의 얼굴처럼 다가오기도 합니다. 『동의보감』*의 찬술*을 명한 왕의 교서*에 다음과 같은 구절이 있습니다.

"우리나라에서 많이 나는 약재를 자세하게 적어서 지식이 없는 사람, 가난한 사람들도 쉽게 이해할 수 있고 누구나 병을 고칠 수도 있도록 하여야 한다."

　이 글에 나타난 민족 의식과 백성들에 대한 애정은 선조왕의 것이 아니라 허준의 마음이고 허준을 가르친 스승의 뜻이라고 생각됩니다.

　『동의보감』의 찬술 자체가 허준의 기획이었고, 허준의 집필이었음에 틀림없다고 할 수 있습니다. 더구나 『동의보감』의 완성은 오로지 허준 혼자만의 외로운 작업이었고 그나마 절해고도*의 유배지에서 이루어졌기 때문입니다. 300년 후 이제마李濟馬*의 사상의학*이 나오기까지 우리 풍토와 체질에 맞는 유일한 의학서로서 수많은 사람들의 목숨을 구해 낸 책이었습니다.

　『동의보감』 외에도 허준이 심혈을 기울인 저술은 대부분이 난해한 전문 서적을 한글로 쉽게 풀어쓰는 일이었습니다. 서출인 의원 허준에 대한 선조의 파격적인 가자加資*는 이와 같은 허준의 백성에 대한 애정과 경륜을 높이 사서 내린 것이라 짐작됩니다.

　나는 얼음골에 쌓이는 어둠 속에 앉아서 한 사람의 허준이 있기까지 그의 성장을 위하여 바쳐진 수많은 사람의 애정과 헌신에 대하여 생각하였습니다. 한 송이의 금빛 국화가 새벽 이슬에 맑게 피어나기 위하여 간밤의 무서리가 내리더라는 백거이白居易*의 시 「국화」가 생각납니다. '청년들아 나를 딛고 오르거라'던 루쉰*의 얼굴이 떠오르기도 하였습니다.

　옛날의 어머니들은 자기가 무엇이 되겠다는 생각보다는 저마다 누

군가의 자양이 되는 것을 삶으로 생각하였습니다. 그래서 자모慈母라
하였습니다. 사람과 사람의 연쇄 가운데에다 자신을 세우기보다는
한 벌의 패션 의상과 화려한 언술로 자기를 실현하고, 또 자기를 숨기
려 하는 것이 오늘의 문화입니다.

당신의 장탄식이 들리는 듯합니다. 무수한 상품의 더미와 그 상품
들이 만들어 내는 미학에 매몰된 채 우리는 다만 껍데기로 만나고 있
을 뿐이라던 당신의 말이 생각납니다. 정작 두려운 것은 그러한 껍데
기를 양산해 내고 있는 '보이지 않는 손'을 잊고 있는 것이라 할 것입
니다.

고매한 도덕적 언어들이 수천억 원의 부정한 축재로 여지없이 무
너져 내리는 이 위선의 계절에 우리는 과연 무엇으로 가르치고 무엇
으로 배우는가 하는 생각이 얼음골의 차가운 교훈으로 남습니다. 알
튀세*는 연극이란 새로운 관객의 생산이라고 하였습니다. 관람을 완
성하기 위하여, 삶 속에서 완성하기 위하여, 그 미완성의 의미를 추구
하기 시작하는 배우의 생산이라고 하였습니다.

우리는 무대 위를 걷든, 객석에 앉아 있든 어차피 삶의 현장으로
돌아와 저마다 그 미완성의 의미를, 그 침묵과 담론의 완성을 천착*해
가는 사람들 속을 걸어갈 수밖에 없다고 생각됩니다. 화사한 언어의
요설*이 아니라 결국은 우리의 앞뒤좌우에 우리와 함께 걸어가는 수
많은 사람들의 삶으로써 깨닫고, 삶으로써 가르칠 뿐이라 믿습니다.

여느 해보다 청명하고 길었던 가을이 끝나고 있습니다. 등 뒤에 겨울을 데리고 있어서 가을을 즐기지 못한다던 당신의 추운 겨울이 다가오고 있습니다.

우리가 헐어야 할 피라미드
– 반구정과 압구정

파주에서 서쪽으로 시오리十五里 임진강가에 반구정伴鷗亭*이라는 작은 정자가 있습니다. 세종조의 명상*이며 청백리*의 귀감인 방촌 황희龐村 黃喜* 정승의 정자입니다. 18년간의 영상직을 치사致仕*하고 90세의 천수*를 다할 때까지 이름 그대로 갈매기를 벗하며 그의 노년을 보낸 곳입니다. 단풍철도 지난 초겨울이라 찾는 사람도 없어 한적하기가 500년 전 그대로다 싶었습니다.

당신은 아마 똑같은 이름의 정자를 기억할 것입니다. 서울 강남의 압구정狎鷗亭*이 그것입니다. 압구정은 세조의 모신謀臣*이던 한명회韓明澮*가 그의 호를 따서 지은 정자입니다. 반구정의 '반' 伴과 압구정의 '압' 狎은 글자는 비록 다르지만 둘 다 '벗한다'는 뜻입니다.

이 두 정자는 다같이 노老재상이 퇴은退隱*하여 한가로이 갈매기를 벗하며 여생을 보내던 정자입니다만 남아 있는 지금의 모습은 참으로 판이합니다. 반구정이 지금도 갈매기를 벗하며 철새들을 맞이하고 있음에 반하여 압구정은 이미 그 자취마저 없어지고 현대아파트 72동 옆의 작은 표석으로 그 유허*임을 가리키고 있을 따름입니다.

정자의 주인인 황희 정승과 한명회의 일생만큼이나 극적인 대조를 보인다는 생각이 들었습니다. 두 사람 모두 일인지하 만인지상*이라는 영상의 자리에 올랐던 재상이었음에도 불구하고 한 사람은 언제나 명상名相·현상賢相의 이름으로 칭송되는가 하면 또 한 사람은 권신權臣·모신謀臣의 이름으로 역사에 남아 있기 때문입니다.

세종조의 찬란한 업적 뒤에는 언제나 황희 정승의 보필이 있었으되 사람들은 오히려 그를 몽매*하다고 할 만큼 눈에 띄지 않는 자리에 있었고, 심지어는 물러나 임진강가에서 야인어부들과 구로鷗鷺*를 길들일 때에도 그가 당대의 재상이었음을 아무도 몰랐을 정도였습니다.

한명회는 그의 두 딸을 왕비로 들이고 정난공신* 1등, 익대공신* 1등 등 네 차례나 1등 공신이 되지만 그 뒤에는 언제나 쿠데타와 모살*과 옥사獄事*가 도사리고 있었습니다. 후에 신원*되기는 하였지만 부관참시剖棺斬屍*의 화를 입은 권력자였습니다.

황희 정승은 두문동에 은거하기도 하고 유배되기도 하지만 언제나 자신의 원칙에 따라 진퇴했던 반면, 한명회는 스스로 실력자에게 나아가 그를 앞질러 헤아리고 처리해 나간 모신이었습니다.

두 사람에게 얽힌 일화도 판이하기는 마찬가지입니다. 황희 정승의 집안 노비 두 사람이 서로 다투다가 그를 찾아와 서로 상대방의 잘 못을 일러바치자 사내종에게도 '네 말이 옳다' 계집종에게도 '네 말 이 옳다' 하며 돌려보냈다고 합니다. 이를 지켜보던 부인이 그 무정 견*을 나무라자 '부인의 말도 옳다'고 했다는 일화는 잘 알려진 이야 기입니다.

언언시시言言是是* 정승이라 불릴 정도로 그는 시是를 말하되 비非를 말하기를 삼갔고, 소절小節*에 구애되기보다 대절大節*을 지키는 재상 이었다고 합니다. 황희 정승이 겸허하고 관후한* 일화의 주인공으로 회자*됨에 비하여 한명회에 관한 일화는 그와 정반대인 것이 대부분 입니다. 생육신*의 한 사람인 김시습*이 강정江亭*에 걸려 있는 한명회 의 '청춘부사직 백수와강호'青春扶社稷 白首臥江湖라는 시구의 부扶를 망 亡으로, 와臥를 오汚로 고쳐 써서 '젊어서는 사직을 망치고 늙어서는 강호*를 더럽힌다'는 뜻으로 바꾸어 버린 일화는 유명합니다. 사람들 은 한명회가 대로大怒하여 이를 찢어 버렸다는 후일담까지 곁들여 놓 았습니다.

차로 2시간도 채 못 되는 거리에 남아 있는 반구정과 압구정의 차 이가 이와 같습니다. 그것은 물론 그 인품의 차이만이 아닐 수도 있 습니다. 황희가 문화통치기의 재상이었고, 한명회는 의정부 중심의 합의제*를 타파하고 강력한 왕권체제로 회귀하던 시기의 재상이라는 정치체제상의 차이로 이해할 수도 있습니다. 상황의 차이로 환원시킬 수도 있습니다.

  그러나 우리가 잊지 말아야 할 것은 '정치란 사회의 잠재적 역량을 최대한으로 조직해 내고 키우는 일'이라는 것입니다. 권력의 창출 그 자체는 잠재적 역량의 계발과 무관하거나 오히려 그 반대라고 생각합니다.

  피라미드의 건설이 정치가 아니라 피라미드의 해체가 정치라는 당신의 글귀를 이해할 수 있습니다. 땅을 회복하고 노역을 해방하기 위해서는 먼저 모든 형태의 피라미드를 허물어야 한다고 믿기 때문입니다.

  역사는 우리가 맡기지 않더라도 어김없이 모든 것을 심판하게 마련입니다. 우리의 몫은 우리가 내려야 할 오늘의 심판일 따름입니다.

  반구정과 압구정의 남아 있는 모습이 그대로 역사의 평가는 아니라 하더라도 우리는 그것의 차이가 함의*하는 언어를 찾아야 한다고 믿습니다. 우리가 해체해야 할 피라미드는 과연 무엇인지, 우리가 회복해야 할 땅과 노동은 무엇인지를 헤아려야 할 것입니다.

  압구정이 콘크리트 더미 속 한 개의 작은 돌멩이로 왜소화되어 있음에 반하여 반구정은 유유한 임진강가에서 이름 그대로 갈매기를 벗하고 있습니다. 나는 바람 부는 반구정에 앉아서 임진강의 무심한 물길을 굽어보았습니다. 분단의 제거야말로 민족의 역량을 최대화하는 최선의 정치임을 이야기하는 듯 반구정은 오늘도 남북의 산천과 남북의 새들을 벗하고 있었습니다.

우리가 헐어야 할 피라미드

당신이 나무를 더 사랑하는 까닭

— 소광리 소나무숲

오늘은 당신이 가르쳐 준 태백산맥 속의 소광리 소나무숲에서 이 엽서를 띄웁니다. 아침 햇살에 빛나는 소나무숲에 들어서니 당신이 사람보다 나무를 더 사랑하는 까닭을 알 것 같습니다. 200년 300년, 더러는 500년의 풍상을 겪은 소나무들이 골짜기에 가득합니다. 그 긴 세월을 온전히 바위 위에서 버티어 온 것에 이르러서는 차라리 경이였습니다. 바쁘게 뛰어다니는 우리들과는 달리 오직 '신발 한 켤레의 토지'에 서서 이처럼 우람할 수 있다는 것이 충격이고 경이였습니다. 생각하면 소나무보다 훨씬 더 많은 것을 소비하면서도 무엇 하나 변변히 이루어 내지 못하고 있는 나에게 소광리의 솔숲은 마치 회초리를 들고 기다리는 엄한 스승 같았습니다.

어젯밤 별 한 개 쳐다볼 때마다 100원씩 내라던 당신의 말이 생각납니다. 오늘은 소나무 한 그루 만져 볼 때마다 돈을 내야겠지요. 사실 서울에서는 그보다 못한 것을 그보다 비싼 값을 치르며 살아가고 있다는 생각이 듭니다. 언젠가 경복궁 복원 공사 현장에 가본 적이 있습니다. 일제가 파괴하고 변형시킨 조선 정궁의 기본 궁제를 되찾는 일이 당연하다고 생각하였습니다.

그러나 막상 오늘 이곳 소광리 소나무숲에 와서는 그러한 생각을 반성하게 됩니다. 경복궁의 복원에 소요되는 나무가 원목으로 200만 재*, 11톤 트럭으로 500대라는 엄청난 양이라고 합니다. 소나무가 없어져 가고 있는 지금에 와서도 기어이 소나무로 복원한다는 것이 무리한 고집이라고 생각됩니다. 수많은 소나무들이 베어져 눕혀진 광경이라니 감히 상상할 수가 없습니다. 그것은 이를테면 고난에 찬 몇 백만 년의 세월을 잘라 내는 것이나 마찬가지입니다.

우리가 생각 없이 잘라 내고 있는 것이 어찌 소나무만이겠습니까. 없어도 되는 물건을 만들기 위하여 없어서는 안 될 것들을 마구 잘라 내고 있는가 하면 아예 사람을 잘라 내는 일마저 서슴지 않는 것이 우리의 현실이기 때문입니다. 우리가 살고 있는 이 지구 위의 유일한 생산자는 식물이라던 당신의 말이 생각납니다. 동물은 완벽한 소비자입니다. 그 중에서도 최대의 소비자가 바로 사람입니다.

사람들의 생산이란 고작 식물들이 만들어 놓은 것이나 땅속에 묻힌 것을 파내어 소비하는 것에 지나지 않습니다. 쌀로 밥을 짓는 일을 두고 밥의 생산이라고 할 수 없는 것이나 마찬가지입니다. 생산의 주체가 아니라 소비의 주체이며 급기야는 소비의 객체로 전락되고 있는 것이 바로 사람입니다. 자연을 오로지 생산의 요소로 규정하는 경제학의 폭력성이 이 소광리에서만큼 분명하게 부각되는 곳이 달리 없을 듯합니다.

산판*일을 하는 사람들은 큰 나무를 베어 낸 그루터기에 올라서지 않는 것이 불문율로 되어 있다고 합니다. 잘린 부분에서 올라오는 나무의 노기가 사람을 해치기 때문입니다. 어찌 노하는 것이 소나무뿐이겠습니까. 온 산천의 아우성이 들리는 듯합니다. 당신의 말처럼 소나무는 우리의 삶과 가장 가까운 자리에서 우리와 함께 풍상을 겪어 온 혈육 같은 나무입니다.

사람이 태어나면 금줄에 솔가지를 꽂아 부정을 물리고 사람이 죽으면 소나무 관 속에 누워 솔밭에 묻히는 것이 우리의 일생이라 하였습니다. 그리고 그 무덤 속의 한恨을 달래 주는 것이 바로 은은한 솔바람입니다. 솔바람뿐만이 아니라 솔빛·솔향 등 어느 것 하나 우리의 정서 깊숙이 들어와 있지 않는 것이 없습니다. 더구나 소나무는 고절高節의 상징으로 우리의 정신을 지탱하는 기둥이 되고 있습니다. 금강송의 곧은 둥치에서뿐만 아니라 암석지의 굽고 뒤틀린 나무에서도 우리는 곧은 지조를 읽어 낼 줄 압니다.

오늘날의 상품 미학과는 전혀 다른 미학을 우리는 일찍부터 가꾸어 놓고 있었습니다. 나는 문득 당신이 진정 사랑하는 것이 소나무가 아니라 소나무 같은 '사람'이라는 생각이 들었습니다. 메마른 땅을 지키고 있는 수많은 사람들이란 생각이 들었습니다. 문득 지금쯤 서울 거리의 자동차 속에 앉아 있을 당신을 생각했습니다. 그리고 외딴 섬에 갇혀 목말라 하는 남산의 소나무들을 생각했습니다.

남산의 소나무가 이제는 더이상 살아남기를 포기하고 자손들이나 기르겠다는 체념으로 무수한 솔방울을 달고 있다는 당신의 이야기는 우리를 슬프게 합니다. 더구나 그 솔방울들이 싹을 키울 땅마저 황폐해 버렸다는 사실이 우리를 더욱 암담하게 합니다. 그러나 그보다 더 무서운 것이 아카시아와 활엽수의 침습*이라니 놀라지 않을 수 없습니다. 척박한 땅을 겨우겨우 가꾸어 놓으면 이내 다른 경쟁수들이 쳐들어와 소나무를 몰아내고 만다는 것입니다. 무한경쟁의 비정한 논리가 뻗어 오지 않는 곳이 없습니다.

나는 마치 꾸중 듣고 집 나오는 아이처럼 산을 나왔습니다. 솔방울 한 개를 주워 들고 내려오면서 생각하였습니다. 거인에게 잡아 먹힌 소년이 솔방울을 손에 쥐고 있었기 때문에 다시 소생했다는 신화를 생각하였습니다. 당신이 나무를 사랑한다면 솔방울도 사랑해야 합니다. 무수한 솔방울들의 끈질긴 저력을 신뢰해야 합니다.

언젠가 붓글씨로 써 드렸던 글귀를 엽서 끝에 적습니다. "처음으로 쇠가 만들어졌을 때 세상의 모든 나무들이 두려움에 떨었다. 그러나 어느 생각 깊은 나무가 말했다. 두려워할 것 없다. 우리들이 자루가 되어 주지 않는 한 쇠는 결코 우리를 해칠 수 없는 법이다."

당신이 나무를 더 사랑하는 까닭

어리석은 자의 우직함이
세상을 조금씩 바꿔 갑니다
-온달산성의 평강공주

오늘은 충청북도 단양군 영춘면 하2리에 있는 온달산성에서 엽서를 띄웁니다. 1,400년 전의 과거로부터 띄우는 이 엽서가 당신에게 어떻게 읽혀질지 망설여집니다. 온달산성은 둘레가 683미터에 불과한 작은 산성입니다만 깎아지른 산봉우리를 테를 매우듯 두르고 있어서 멀리서 바라보면 흡사 머리에 수건을 동여맨 투사 같습니다. 결연한 의지가 풍겨오는 책성幘城*입니다. 그래서 쉽게 접근을 허락하지 않는 성이었습니다.

다만 하2리 마을 쪽으로 앞섶*을 조심스레 열어 산성에 이르는 길을 내주고 있었습니다. 산 중턱에 이르면 사모정思慕亭이라는 작은 정자가 있습니다. 전사한 온달장군의 관이 땅에서 떨어지지 않자 평강공주가 달려와 눈물로 달래어 모셔 간 자리라 전해지고 있습니다. 이 산성을 찾아오는 사람들이 평강공주를 만나는 자리입니다.

나는 사모정에서 나머지 산성까지의 길을 평강공주와 함께 올라갔습니다. 아래로는 남한강을 배수의 진으로 하고 멀리 소백산맥을 호시虎視*하고 있는 온달산성은 유사시에 백성들을 입보入保*시키는 성이 아니라 신라에 빼앗긴 실지*를 회복하기 위한 전초기지였음을 단번에 알 수 있습니다. 망루나 천수각天守閣*이 없어도 적병의 움직임이 한눈에 내려다보이는 조망眺望*이었습니다. 조령과 죽령 서쪽 땅을 되찾기 전에는 다시 고국에 돌아오지 않겠다는 그의 결의가 지금도 느껴집니다.

나는 반공半空*을 휘달리는 소백산맥을 바라보다 문득 신라의 삼국 통일을 못마땅해 하던 당신의 말이 생각났습니다. 하나가 되는 것은 더 커지는 것이라는 당신의 말을 생각하면 대동강 이북의 땅을 당나라에게 내주기로 하고 이룩한 통일은 분명 더 작아진 것이라는 점에서 그것은 통일이 아니라 광활한 요동 벌판의 상실에 불과한 것인지도 모릅니다.

이러한 상실감은 온달과 평강공주의 애절한 사랑의 이야기와 더불어 이 산성을 찾은 나를 매우 쓸쓸하게 합니다.

온달과 평강공주의 이야기는 부富*를 축적한 당시의 평민 계층이 지배 체제의 개편 과정에서 정치·경제적 상승을 할 수 있었던 사회 변동기의 사료史料*로 거론되기도 합니다. 그리고 '바보 온달'이란 별명도 사실은 온달의 미천한 출신에 대한 지배 계층의 경멸과 경계심이 만들어 낸 이름이라고 분석되기도 합니다.

그러나 나는 수많은 사람들이 함께 창작하고 그후 더 많은 사람들이 오랜 세월에 걸쳐서 승낙한 온달장군과 평강공주의 이야기를 믿습니다. 다른 어떠한 실증적 사실史實보다도 당시의 정서를 더 정확히 담아내고 있다고 생각하기 때문입니다. 완고한 신분의 벽을 뛰어넘어 미천한 출신의 바보 온달을 선택하고 드디어 용맹한 장수로 일어서게 한 평강공주의 결단과 주체적 삶에는 민중들의 소망과 언어가 담겨 있기 때문입니다. 이것이 바로 온달 설화가 당대 사회의 이데올로기에 매몰된 한 농촌 청년의 우직한 충절의 이야기로 끝나지 않는 까닭이라고 생각됩니다.

인간의 가장 위대한 가능성은 이처럼 과거를 뛰어넘고 사회의 벽을 뛰어넘어 드디어 자기를 뛰어넘는 비약에 있는 것이라고 할 수 있기 때문입니다. 나는 평강공주와 함께 온달산성을 걷는 동안 내내 '능력 있고 편하게 해줄 사람'을 찾는 당신이 생각났습니다. '신데렐라의 꿈'을 버리지 못하고 있는 당신이 안타까웠습니다.

현대 사회에서 평가되는 능력이란 인간적 품성이 도외시된 '경쟁적 능력'입니다. 그것은 다른 사람들의 낙오와 좌절 이후에 얻을 수 있는 것으로, 한마디로 숨겨진 칼처럼 매우 비정한 것입니다. 그러한 능력의 품속에 안주하려는 우리의 소망이 과연 어떤 실상을 갖는 것인지 고민해야 할 것입니다. 당신은 기억할 것입니다. 세상 사람은 현명한 사람과 어리석은 사람으로 분류할 수 있다고 당신이 먼저 말했습니다.

현명한 사람은 자기를 세상에 잘 맞추는 사람인 반면에 어리석은 사람은 그야말로 어리석게도 세상을 자기에게 맞추려고 하는 사람이라고 했습니다. 그러나 역설적이게도 세상은 이런 어리석은 사람들의 우직함으로 인하여 조금씩 나은 것으로 변화해 간다는 사실을 잊지 말아야 한다고 생각합니다.

우직한 어리석음, 그것이 곧 지혜와 현명함의 바탕이고 내용입니다. '편안함' 그것도 경계해야 할 대상이기는 마찬가지입니다. 편안함은 흐르지 않는 강물이기 때문입니다. '불편함'은 흐르는 강물입니다. 흐르는 강물은 수많은 소리와 풍경을 그 속에 담고 있는 추억의 물이며 어딘가를 희망하는 잠들지 않는 물입니다.

당신은 평강공주의 삶이 남편의 입신立身*이라는 가부장적 한계를 뛰어넘지 못한 것이라고 하였습니다만 산다는 것은 살리는 것입니다. 살림生입니다. 그리고 당신은 자신이 공주가 아니기 때문에 평강공주가 될 수 없다고 하지만 살림이란 '뜻의 살림'입니다. 세속적 성취와는 상관없는 것이기도 합니다.

그런 점에서 나는 평강공주의 이야기는 한 여인의 사랑의 메시지가 아니라 그것을 뛰어넘은 '삶의 메시지'라고 생각합니다. 나는 당신이 언젠가 이 산성에 오기를 바랍니다. 남한강 푸른 물굽이가 천년

어리석은 자의 우직함이 세상을 조금씩 바꿔 갑니다

세월을 변함없이 감돌아 흐르는 이 산성에서 평강공주와 만나기를 바랍니다.

개인의 팔자, 민족의 팔자

그의 사건은 한겨울의 한밤중 비무장지대의 한복판에서 일어났습니다. DMZ의 얼어붙은 정적을 찢는 한 발의 총성이 그의 21년을 앗아갔습니다. 영문도 모르고 따라나선 분대 규모의 야간 작전중에 누군가의 M1 소총이 오발되면서 그의 하복부를 좌우로 관통했습니다. 나중에 밝혀졌지만 그것은 오발이 아니라 소대장의 월북 기도를 간파한 분대원이 소대장을 겨냥한 저격이었습니다. 애꿎게도 소대장이 아닌 그가 피를 뿌리며 쓰러졌습니다. 총성과 함께 분대원들은 유리 조각처럼 흩어지고 주위는 아무도 없고, 아무 소리도 없는 칠흑 같은 적막으로 변했습니다. 칠흑 같은 적막 속에서 피가 쏟아지는 하복부를 가까스로 탄띠로 동인 다음 정신을 잃었습니다. 얼마 뒤 다시 의식을 회복했을 때는 적막한 산천, 칠흑 같은 어둠 그리고 심한 갈증만

엄습해 올 뿐이었습니다. 희미한 물소리를 향해 피 묻은 손톱으로 언 땅을 긁으며 기어가다 다시 의식을 잃었습니다. 이것이 기억의 전부입니다.

이튿날 새벽 군사분계선에서 북쪽으로 약간 벗어난 지점에서 쓰러져 있는 그가 발견되었습니다. 들것에 실려 다니며 단 한마디의 대꾸도, 단 한 사람의 증인도 없는 재판에서 무기징역을 선고받았습니다. 판결문에는 소대장과 "내응하여 월북을 기도하다" 피격당해 체포된 것으로 되어 있습니다. 좌익 장기수라는 '곱징역'을 고스란히 치르고, 1989년 3월, 21년 만에 마흔 다섯의 나이로 만기 출소했습니다. 21년 만에 돌아온 세상은 참 많이 변하였습니다. 세상도 변하였지만 세상보다 더 변한 것은 바로 자기 자신이었습니다. 감옥에 갇혀 있는 줄도 모르고 군대 생활을 왜 그렇게 오래하느냐며 당장 집으로 돌아와서 농사나 지으라고 성화시던 아버지도 돌아가신 지 이미 오래고, 가족도 없고 농토도 없는 고향은 그가 돌아갈 곳이 못 되었습니다. 출소 사흘째부터 부산 부두 컨테이너 하역장에서 이제는 징역 대신 120kg의 짐을 지다가 새벽 2시 눈비 맞으며 서울로 찾아왔습니다.

징역 사는 동안 그에게는 한 가닥 기대가 있었습니다. 월북한 소대장이 간첩으로 남파되어 체포되면 사실이 밝혀지리라는 기약 없는 기대가 그것이었습니다. 그러나 21년 동안 그러한 기대는 서서히 그리고 결정적으로 버리게 됩니다. 그보다는 오히려 그처럼 무고하게 옥살이를 하고 있는 수많은 수인*들이 함께 살고 있다는 사실이 위로였습니다. 가석방이나 특별 사면에 대한 기대도 없이 고스란히 21년을 살았습니다. 사면을 기대하는 쪽은 도리어 바깥의 가족들일 뿐 막상 징역살이를 하고 있는 당사자들은 별로 기대하지 않습니다. 만델라*의 27년에 대해서는 경악하면서도, 우리의 40년 장기수에 대해서는 무지한 것이 우리의 현실이기 때문입니다. 광복절·불탄절·성탄절 등에 죄수들을 너무 많이 풀어 준다고 생각하는 사람도 있겠지만, 만기 출소자가 하루 평균 3명이라면 30여 개 교도소에서 매일 90명이 출소합니다. 만약 그들을 한 달 앞당겨 석방한다면 무슨 이름 있는 날 한꺼번에 2천7백 명을 석방할 수 있습니다. 이것이 갇힌 사람들이 특별 가석방을 기대하지 않는 이유입니다.

"다른 사람들은 모범수가 되어 모두 석방되는데 당신은 징역 속에서도 여태 그 모양이니 더 이상 기다릴 수 없다"며, 고무신을 거꾸로 신고 떠나 버린 어느 아내의 딱한 이야기도 있습니다. "그 소대장 간첩으로 잡혔다는 소식 아직 없어?", "다 팔자소관이지요. 오발탄도 그렇지요. 하필이면 북쪽으로 기어간 것도 그렇지요. 이제 통일될 때나 기다려야지요." 그에게 있어서 통일이란 무엇인가? 그에게 있어서 분단이란 무엇인가? 그것은 무고한 21년 세월의 진실을 밝히는 일입니다. 마찬가지로 우리에게 통일이란 무엇인가? 물론 통일은 민족의 비원이고 우리 역사의 진실을 밝히는 일이 아닐 수 없습니다.

개인의 팔자, 민족의 팔자

그러나 이러한 대의에 앞서 우리가 해야 하는 일은 자기의 삶 속에 파편처럼 박혀 있는 분단의 상처를 확인하는 일입니다. 이것은 단지 통일에 대한 자신의 입장을 확인하는 일일 뿐 아니라 개인의 팔자 속에 깊숙이 들어와 있는 민족의 팔자를 확인하는 일이기 때문입니다.

한 사람의 일생이 정직한가 정직하지 않은가를 준별*하는 기준은 그 사람의 일생에 담겨 있는 시대의 양量이라고 할 수 있습니다. 시대의 아픔을 비켜 간 삶을 정직한 삶이라고 할 수 없으며 더구나 민족의 고통을 역이용하여 자신을 높여 간 삶을 정직하다고 할 수 없음은 물론입니다. 개인의 팔자는 민족의 팔자와 결코 무관할 수 없습니다. 남아공과 만델라의 팔자, 라틴아메리카와 체 게바라*의 팔자, 식민지 조국과 유관순의 팔자. 위로는 그룹 총수의 팔자에서부터 아래로는 이름 없는 노동자와 창녀촌의 영자에 이르기까지 개인의 팔자 속에는 어김없이 민족의 팔자가 깊숙이 들어와 있습니다. 개인의 실패나 성공도 정도의 차이는 있지만 민족의 팔자와 결코 무관할 수 없는 것이 우리의 삶이고 우리 민족의 역사입니다.

진실을 밝힌다는 것은 자기의 삶이 다른 사람의 삶과 어떻게 연결되어 있으며, 나아가 우리 사회와 민족의 운명과 어떻게 연결되어 있는가를 읽어내는 것을 의미합니다. 그러나 우리가 진실을 소중하게 여기는 까닭은 그것이 우리의 현재를 정직하게 바라보게 할 뿐 아니라 진실은 과거를 청산하고 동시에 미래를 향하여 나아가는 일의 시작이기 때문입니다. 진실의 발견이 미래의 참된 시작이기 때문입니다.

그저께부터 그는 아파트 건설 공사장의 배관공으로 일 나가고 있습니다. 임대 주택이 될지 호화 주택이 될지 아랑곳없이 동파이프와 씨름하고 있습니다. 완공된 아파트 단지의 모습이 어떤 것인지, 그가 일하고 있는 서울의 모습이 어떤 것인지 아랑곳없이 일하고 있습니다.

산천의 봄, 세상의 봄

새봄을 증거 하는 산천의 표정은 여러 가지입니다. 따스한 볕, 아름다운 꽃, 훈광* 속의 제비가 우선 가장 쉬운 새봄의 증거입니다. 그러나 이러한 것과는 달리 얼음이 녹아서 그득히 고여 있는 물에서 봄을 확인하는, 이른바 해빙의 출수出水로 봄을 증거 했던 옛 시인이 있습니다.

봄볕은 흔히 늦추위의 심술 때문에 한결같지 못하고, 꽃은 봄·여름·가을·겨울 할 것 없이 사시장철*로 피어 이미 봄의 경계를 훌쩍 넘어서고 있으며, 제비는 고작 차려 놓은 밥상에 뒤늦게 끼어드는 손님일 뿐입니다. 이에 비해, 흙 살 속속들이 박혀 있던 얼음들이 빠져나오는 해빙의 출수야말로 겨울의 집단적 철수撤收라 할 수 있을 것입니다. 볕이나 꽃에서 봄을 확인하기보다 그득히 고여 있는 물에서 봄을 깨닫는 시인의 마음에는 분명 성급한 상춘*과는 구별되는 봄에 대한 차분하고 냉철한 이해가 담겨 있다고 할 수 있습니다.

그러나 생수生水라는 말이 있기는 하지만 물은 아무래도 생명은 아닙니다. 생명의 조건일 뿐입니다. 그런 점에서 우리는 새봄의 가장 확실한 증거를 잡초에서 확인합니다. 볕처럼 무상하지 않고, 꽃처럼 철없지 않고, 제비처럼 뒤늦지 않은 봄의 증거를 해마다 잡초에서 확인합니다. 아무도 보지 않는 곳에서 누구 하나 거루고 가꾸어 주는 사람 없이 오로지 저 혼자의 힘으로 돋아나는 이름 없는 잡초에서 가장 확실한 봄을 만납니다. 잡초는 물론 이름 없는 풀입니다. 이름은 사람들이 붙이는 것이고, 이름이 붙었다는 것은 사람들의 지배하에 들어갔다는 뜻입니다. 눈에 뜨이지 않는 곳의 이름 없는 풀은 자신의 논리, 자신의 존재 그리고 자신의 힘으로 쟁취한 승리 그 자체입니다. 더구나 볕이 하늘의 일이고, 꽃이 나무 위의 성과이고, 제비가 강남의 손님인 데 반하여, 풀은 시종일관 흙의 역사 속에서 생명을 키워 온 금목수화토金木水火土*의 총화*이면서 모든 봄의 육신입니다. 서로서로 기대어 어깨를 짜며 금세 무성한 풀밭을 이루어 철없는 풍설의 해코지에도 결코 물러서는 법 없이, 어느덧 볕을 머물게 하고 꽃을 피우고 제비를 돌아오게 합니다. 이 들풀이야말로 가장 믿음직한 새봄의 전위前衛입니다. 볕, 꽃, 제비에서 발견하는 봄이 기다리지 않는 사람들의 봄이라면, 해빙의 출수에서 발견하는 봄이 관찰하는 사람들의 봄이라면, 이름 없는 들풀에서 깨닫는 봄이야말로 대지를 일구는 수많은 사람들이 몸으로 확인하는 봄입니다.

산천의 봄, 세상의 봄

산천의 봄과 마찬가지로 세상의 봄을 증거 하는 표정도 여러 가지입니다. 졸업장을 들고 추억의 교정을 나서는 아이들의 뒷모습, 먼 길을 마다 않고 찾아온 만남, 대팻날이 지나간 자리에 얼굴 내미는 나무 결의 밝은 윤기潤氣. 이 짧은 순간들이 안겨 주는 작은 기쁨들이 가슴에 차오를 때 우리는 삶의 의미를 새롭게 확인합니다. 키우고, 만나고, 만들어 내는 기쁨을 공감하고 이 공감을 사람들과 더불어 신뢰할 때 산천의 봄처럼 세상의 봄이 시작됩니다. 산천의 들풀이 흙과 더불어 봄을 키우듯이 일상의 작은 기쁨은 모이고 모여 세상을 튼실하게 받쳐 주는 뼈대가 되고 사랑이 됩니다. 이러한 기쁨은 작은 것이기 때문에 업신여겨지고, 또 돈이 되기 때문에 빼앗기기도 하지만, 우리는 이로써 견디고 이로써 다시 시작해 왔음을 역사는 증거 하고 있습니다.

정치란 사람을 자라게 하고 사람을 만나게 하는 일입니다. 그리고 만들어 내는 일의 기쁨을 서로 신뢰하게 하는 일입니다. 사람을 그 가슴에서 만나게 하고 사회를 그 뼈대에서 지탱하고 있는 이러한 역량들을 일으켜 세우고 사회화社會化하는 일이 정치의 본연本然입니다. 그러한 판을 열고 그러한 틀을 짜는 일입니다. 잘못된 판, 잘못된 틀을 새롭게 바꾸는 일입니다. 잡초가 근접하지 못하게 하는 비닐하우스 속의 꽃이 철없음을 우리는 알고 있습니다. 새장 속의 새가 새봄을 증거 하지 못함을 우리는 알고 있습니다. 저 혼자서는 그 큰 머리를 지탱할 수 없어 목발을 짚고 서 있는 큰 꽃송이는 우리를 마음 아프게 합니다. 줄기의 것도 뿌리의 것도 아닌 꽃, 그것은 남의 것, 외부의 것, 그리고 이미 꽃이 아닙니다. 서울은 농촌을 향하지 않고 공업은 농업을 필요로 하지 않습니다. 노자勞資·임차賃借·여야與野·남녀男女·빈부貧富는 서로 존경하지 않으며, 남북南北·동서東西·전후前後·좌우左右는 저마다 중심이라 주장합니다.

세상의 봄은 어디서부터 오는가? 산천의 봄은 분명 흙에서 가장 가까운 곳에서 시작됩니다. 흙살 속속들이 박힌 얼음이 빠지고 제 힘으로 일어서는 들풀들의 합창 속에서 옵니다. 세상의 봄도 산천의 봄과 다를 리 없습니다. 사람과 사람 사이에 박힌 경멸과 불신이 사라질 때 옵니다. 집단과 집단, 지역과 지역 사이에 박혀 있는 불신과 억압이 사라지고 불신과 억압의 자리에 갇혀 있는 역량들의 해방과 함께 세상의 봄은 옵니다. 산천의 봄과 마찬가지로 무성한 들풀의 아우성 속에서 옵니다. 모든 것을 넉넉히 포용하면서 기어코 옵니다.

따뜻한 토큰과 보이지 않는 손

새벽 영등포 버스 정류장 가판대에서 토큰 한 개를 샀습니다. 따뜻한 토큰이었습니다. 토큰을 손에 들고 손님을 기다리고 있던 할아버지의 체온이 나의 손으로 옮아 왔습니다. 할아버지의 체온을 뺏은 듯 죄송한 마음이 들었습니다. 새벽 사창가 유리 진열장 속에 여자가 앉아 있었습니다. 손님도 없는 골목의 홍등 밑에 거의 벗은 몸으로 앉아 있었습니다. 여자의 옷을 뺏은 듯 죄송한 마음이 들었습니다. 그러나 이 죄송한 마음에 이어 우리의 이마를 찌르는 것은 무엇이 이 사람들을 새벽 거리에 나앉게 하는가 하는 물음입니다.

남대문 새벽 시장과 사당동 인력 시장의 이 시간은 이미 파장 무렵이고 청량리역과 서울역은 벌써 승객들을 가득 싣고 몇 차례나 열차가 떠난 뒤입니다. 텅 빈 광장의 모래바람처럼 우리의 얼굴을 때리는 것은 무엇이 이 사람들을 어둠 속으로 나서게 하는가 하는 물음입니다.

선량하나 무력한 사람들은 그 힘겨운 삶을 마음 아파하기도 하고, 주장하나 고민하지 않는 사람들은 인간의 강인한 생명력에 경탄을 금치 못하기도 하고, 분석하나 실천하지 않는 사람들은 이로써 사회주의의 실패를 설명하기도 하고, 생산하나 나누지 않는 사람들은 이들의 근면을 들어 시장과 자유의 위대함을 예찬하기도 합니다.

사회 문제를 개인의 문제로 환원하거나 현재를 현상만으로 설명하기 이전에 우리는 먼저 그들로 하여금 불꺼진 새벽 골목에 나서게 하는 보이지 않는 손을 질문하지 않으면 안 됩니다. 그리고 그들이 새벽 골목에 나서기까지의 역사를 생각하지 않으면 안 됩니다.

"폭력을 사용하여 강제하는 경우를 성폭행이라고 한다면 똑같은 행위를 폭력 대신 돈으로 강제하는 경우 이를 어떤 이름으로 불러야 하는가?" 누이를 망쳐 버린 못난 오라비의 한 맺힌 질문을 잊을 수 없습니다. 상대방의 뜻에 반하여 자기의 의도를 관철시키기 위한 모든 강제를 폭력이라고 한다면 폭력은 조직 폭력이나 강도, 강간과 같은 불법적 폭력에 한정할 수 없을 것입니다. 더 큰 폭력이 합법적 폭력, 제도적 폭력의 형식으로 우리 사회의 곳곳에 구조화되어 있기 때문입니다. 개인과 개인, 계층과 계층, 민족과 민족이 합의된 목표를 공유하지 못하고 있는 한, 다름과 차이를 승인하는 공존과 평화의 원리가 정착되지 않는 한 그것은 기본적으로 억압과 저항의 관계이며 본질에 있어서 폭력이 아닐 수 없습니다.

돌이 돌을 치면 불꽃이 튀고, 계란이 돌을 치면 박살이 나고, 돌이 풀을 누르면 풀이 눕습니다. 그것이 불꽃이든 침묵이든 상관없습니다. 관계 그 자체의 본질에는 조금도 변함이 없습니다. 불꽃에 관한 이야기든, 아우성과 침묵에 관한 이야기든 그것이 다만 돌멩이를 가리킬 때에만 진실이 됩니다.

　토큰은 버스를 만나고, 버스는 도로를 메운 승용차를 만나고, 승용차는 자동차 공장을 만나고, 자동차 공장은 수출과 미국과 개방을 만나고 개방은 황량한 농촌을 만납니다. 이 농촌에서 가판대의 할아버지는 두고 온 고향을 만납니다. 사창가의 홍등을 끄면 술집의 네온이 붉고, 네온을 끄면 산동네 불빛이 빌딩처럼 높고, 산동네 전등불을 끄면 멀리 공장의 불빛이 보입니다. 그리고 이 공장의 야근 불빛 아래 진열장 속의 여자는 두고 온 동료를 만납니다.

　개인이나 사회 현상은 그것이 맺고 있는 사회적 연관 속에서만 그것의 참모습이 파악될 수 있습니다. 그러나 참모습은 아무에게나 보여 주는 것이 아니며 아무나 참모습을 볼 수 있는 것도 아닙니다.

　토큰에 배어 있는 따뜻한 체온에 마음 아파하는 사람은 인정 있는 사람입니다. 그러나 가판대의 손 시린 겨울바람을 걱정하는 가난한 가족들의 자리가 진실의 참여점entry point입니다. 새벽 진열장 속에 앉아 있는 여자의 참혹한 삶을 마음 아파하는 사람은 가슴이 따뜻한 사람입니다. 그러나 그 누이를 어찌할 수 없는 못난 오라비의 무력함이 진실로 통하는 참여점입니다.

하나의 현상을 그 사회적인 연관 속에서 파악하는 관점觀點은 매우 훌륭한 것입니다. 그러나 더욱 중요한 것은 관점이 아니라 입장立場입니다. 발 딛고 있는 자리가 훨씬 중요합니다. 사람의 눈은 머리에 달려 있는 것이 아니라 발에 달려 있기 때문입니다.

승용차를 타면 버스의 횡포에 속상하고, 반대로 버스를 타면 도로 공간을 사유화하고 있는 승용차의 이기심에 속상합니다. 그러나 그저 속상하기만 할 뿐 변함없이 저마다의 골목을 걸어가고, 저마다의 솥에서 밥을 얻고 있는 한 사실을 정직하게 바라볼 수 있는 자리를 얻지 못합니다. 입장이 중요하다고 하는 것은 사실을 진실로 이끌어 주는 참여점으로서의 입장이 중요하다는 뜻입니다. 우리의 인식은 진실의 창조에 이르러 비로소 인식이 완성되기 때문입니다.

한 개의 토큰, 진열장 속의 여자, 새벽 인력 시장의 모닥불 등 우리가 만나는 개개의 사실들은 매우 중요합니다. 그것은 그것만으로도 충분히 우리의 이마를 찌르고도 남는 아픈 충격임에 틀림없습니다. 그러나 그러한 사실들은 어디까지나 하나하나의 조각 그림일 뿐입니다. 진실은 그러한 조각 그림이 모여서 전체 그림이 완성될 때 비로소 창조됩니다. 진실은 사실들의 배후에서 개개의 사실들을 만들어 내는 거대한 구조를 보여 줍니다. 새벽 어둠 속으로 나서게 하는 보이지 않는 손의 실상을 드러냅니다.

사실은 진실을 창조함으로써 완성되고 진실은 사실에 뿌리내림으로써 살아 있는 것이 됩니다. 우리가 찾아가야 하는 곳이 바로 그 창조의 자리입니다. 사실성事實性이 진정성眞正性으로 비약하는 창조의 자리입니다. 그러나 이것은 어느 개인의 천재나 몇몇 사람의 따뜻한 가슴이 찾아낼 수 있는 것이 아닙니다. 그것은 수많은 사람이 참여함으로써 비로소 찾을 수 있는 것입니다. 찾아내는 것이 아니라 만들어내는 것입니다. 왜냐하면 진실은 사실로부터 창조되는 것이되 언제나 수많은 사실로부터 창조되는 것이기 때문입니다. 진실은 같은 길을 걸어가는 모든 사람들과 그리고 한솥밥을 나누는 모든 사람들의 참여에 의해서 창조되어야 하기 때문입니다, 모든 사람들의 수많은 사실로부터 창조되는 너른 마당이 바로 진실이기 때문입니다.

죽순의 시작

해마다 식목일에 많은 나무를 심지만 대나무를 심는 사람은 없습니다.
대나무는 누가 심어 주어서 자라는 나무가 아니라 오직 뿌리에서
만 그 죽순이 나오기 때문입니다. 땅속의 시절을 끝내고 나무를 시작
하는 죽순의 가장 큰 특징은 마디가 무척 짧다는 점입니다. 이 짧은
마디에서 나오는 강고함이 곧 대나무의 곧고 큰 키를 지탱하는 힘이
됩니다. 훗날 횃불을 에워싸는 죽창이 되고, 온몸을 휘어 강풍을 막는
청천靑天 높은 장대 숲이 될지언정 대나무는 마디마디 옹이진* 죽순으
로 시작합니다.
대나무뿐만 아니라 대부분의 나무들은 마디나 옹이로 먼저 밑둥을
튼튼하게 합니다. 이것은 사람들의 일상사에서도 마찬가지라고 생각
됩니다. 새 학교를 시작하든, 묵은 학원을 다시 시작하든, 새 직장을
시작하든, 어제의 일터에 오늘 다시 불을 지피든, 모든 시작하는 사람

들이 맨 먼저 만들어 내어야 하는 것은 바로 이 짧고 많은 마디입니다.

　나무가 아닌 우리들의 삶에 있어서 마디는 과연 무엇이며 또 우리는 그것을 어떻게 만들어 내어야 하는가. 이러한 물음은 새봄과 함께 세차게 일어나는 우리 사회의 여러 부문 운동에 있어서는 말할 것도 없고, 새로운 뜻을 심고자 하는 평범한 사람들, 그리고 지천명知天命*의 나이에 세상을 시작하는 내게도 절실한 과제가 아닐 수 없습니다.

　세상사가 어렵다고 하는 까닭은 서로 다른 이해관계 때문에 새로운 것은 언제나 낡은 것의 완강한 저항과 억압 속에서 시작하지 않을 수 없기 때문입니다. 이러한 경우는 그래도 덜한 경우이고, 낡은 것이 새로운 것을 부단히 배우고 수용함으로써 자기 개선을 해 나갈 수 있는 최소한의 탄력성마저 상실해 버린 단계가 되면 이는 아예 초전박살의 살벌한 위기 구조가 되고 맙니다. 이때 죽순은 다만 좋은 먹이가 될 뿐입니다.

　죽순의 마디는 분명히 뿌리에서 배운 것입니다. 캄캄한 땅속을 뻗어 가던 어렵던 시절의 몸짓입니다. 역경의 산물이며 동시에 저항의 흔적입니다. 그것은 차라리 패배의 상처 그 자체인지도 모릅니다.

　좌절과 패배를 딛고 일어선 의지의 인생을 우리는 물론 알고 있으며, 처절한 패배로 막을 내린 민중 투쟁마저도 유구한 민족사의 밑바닥에 묻혀 있다가 이윽고 찬란한 승리의 원동력이 되었던 승패의 변증법을 우리는 역사의 도처에서 읽어서 압니다.

객관적 조건과 주체적 역량에 맞는 목표와 단계를 설정하는 일이 곧 마디의 과학이라 생각하며, 달성할 수 있는 목표, 이길 수 있는 싸움을 조직하는 일이 바로 짧은 마디의 교훈이라 생각됩니다. 손자병법°이 가르치는 바도 다르지 않은데, 이를테면 전쟁을 잘 한다는 것은 쉽게 이길 수 있는 상대를 이기는 것이라고 했습니다. 이것은 약한 상대를 고르라는 비열함이 아님은 물론입니다.

용두사미란 경구를 모르는 사람이 없듯이 정당이든 단체든 개인이든 거대하고 요란한 출발은 대체로 속에 허약함을 숨기고 있는 허세°인 경우가 허다합니다. 민들레의 뿌리를 캐어 본 사람은 압니다. 하찮은 봄풀 한 포기라도 뽑아 본 사람은 땅속에 얼마나 깊은 뿌리를 뻗고 있는가를 압니다. 모든 나무는 자기 키만큼의 긴 뿌리를 땅속에 묻어 두고 있는 법입니다. 대숲은 그 숲의 모든 대나무의 키를 합친 것만큼의 광범한 뿌리를 땅속에 간직하고 있는 것입니다.

그리고 더욱 중요한 것은 대나무는 뿌리를 서로 공유하고 있다는 사실입니다. 대나무가 반드시 숲을 이루고야 마는 비결이 바로 이 뿌리의 공유에 있는 것입니다. 대나무가 숲을 이루고 나면 이제는 나무의 이야기가 아닙니다. 개인의 마디와 뿌리의 연대가 이루어 내는 숲의 역사를 시작하는 것입니다. 홍수의 유역에서도 흙을 지키고 강물을 돌려놓기도 하며 뱀을 범접치 못하게 하고 그늘을 드리워 호랑이를 기릅니다. 그때쯤이면 사시청청 잎사귀까지 달아 바람을 상대하되 잎사귀로 사귀어 잠재울 것과 온몸으로 버틸 것을 적절히 가릴 줄 압니다. 설령 잘리어 토막 지더라도 은은한 피리 소리로 남고, 칼날 아래 갈갈이 찢어지더라도 수고하는 이마의 소금 땀을 들이는 바람으로 남습니다. 식목의 계절에 저마다 한 그루의 나무를 심기 전에 잠시 생각해 보아야 합니다. 나는 어느 뿌리 위에 나 자신을 심고 있는가. 그리고 얼마만큼의 마디로 밑둥을 가꾸어 놓고 있는가.

인간적인 사람, 인간적인 사회

몸을 움직여서 먹고사는 사람은 대체로 쓰임새가 헤픈 반면에 돈을 움직여서 먹고사는 사람은 쓰임새가 여물다고 합니다. 그러나 몸을 움직여 버는 돈이란 그저 먹고사는 데서 이쪽저쪽일 뿐 따로 쌓아 둘 나머지가 있을 리 없습니다.

쓰임새가 헤프다는 것은 다만 그 씀씀이가 쉽다는 뜻에 불과합니다. 쓰임새가 쉬운 까닭도 내가 겪어 본 바로는 첫째 자신의 노동력을 믿기 때문입니다. 쓰더라도 축난다는 생각이 없습니다. '벌면 된다'는 생각입니다. 그리고 또 하나의 이유는 끈끈한 인간관계를 가지고 있기 때문이라고 생각됩니다.

일하는 과정에서 맺은 인간관계가 생활 깊숙이 자리 잡고 있어서 함께 써야 할 사람들이 주위에 많기 때문입니다. 더불어 일하고 더불어 써야 하기 때문입니다. 따라서 몸을 움직여 먹고사는 사람의 쓰임새가 헤프다는 것은 이를테면 구두가 발보다 조금 크다는 정도의 필요 그 자체일 뿐 결코 인격적인 결함이라 할 수는 없습니다.

스스로의 역량을 신뢰하고, 더불어 살아가는 삶을 당연하게 여긴다는 점에서 오히려 지극히 인간적인 품성이라 할 것입니다. 다만 이러한 내용이 쉽사리 드러나지 않는 까닭은 이른바 '번다'는 말의 뜻이 애매하기 때문이라고 생각됩니다. 힘들여 일한 대가로 돈을 받은 경우에도 돈을 벌었다고 하고, 돈놀이나 부동산 투기로 얻은 불로소득의 경우에도 돈을 벌었다고 합니다. 심지어는 남을 속이거나 빼앗은 경우도 돈을 벌었다는 말로 표현하고 있습니다.

도대체 '번다'는 말의 본뜻은 무엇인가. 경제학이 가르치는 바에 따르면 사람들이 버는 모든 소득은 노임이든 이자든 이윤이든 불로소득이든, 오로지 생산된 가치물에서 나누어 받는 것입니다. 가치물을 생산하지 않는 사람은 어떤 경로를 통해서건 타인의 소득을 자기의 소득으로 만드는 것입니다. 그러므로 '번다'는 말은 가치를 생산함으로써 받는 돈에 국한해야 할 것입니다. '돈이 돈을 번다'는 말의 '번다'고 하는 단어는 다른 말로 바꾸어야 마땅합니다.

시골에 사는 허 서방이 서울에 올라와서 양복점에서 일하는 둘째아들한테서 양복 한 벌을 해 입었다.

"얘, 이 옷이 얼마냐?"

"20만 원입니다. 10만 원은 옷감값이고 10만 원은 품값이지요."

허 서방은 방직공장에 다니는 큰딸을 찾아갔다.

"얘, 양복 한 벌 감의 값이 얼마냐?"

"10만 원입니다. 5만 원은 실값이고 5만 원은 품값이지요."

허 서방은 이번에는 방적공장에 다니는 작은딸을 찾아갔다.

"얘, 양복 한 벌 감에 드는 실값이 얼마냐?"

"5만 원입니다. 2만 원은 양모값이고 3만 원은 품값이지요."

허 서방은 도로 시골로 내려가서 양을 키우는 큰아들한테 물었다.

"얘, 양복 한 벌 감에 드는 양모값이 얼마냐?"

"2만 원입니다. 만 원은 양값이고 만 원은 품값이지요."

양은 양이 낳고 양값이란 양을 기르는 품값이다.

허 서방이 입은 20만 원의 양복은 결국 4남매의 품값이다.

이 이야기는 양복뿐만이 아니라 사회를 양육하고 지탱하는 의식주의 실체가 과연 무엇인가를 이야기해 줍니다.

5월 1일 노동절을 전후하여 한편에서는 노동자들의 주장이 뜨겁게 일어나고 있으며, 다른 한편에서는 '법과 경제'의 이름으로 이를 강력하게 다스리고 있습니다. 노동 현장뿐만 아니라 토지·주택·학교·언론 등 사회의 거의 모든 부문에 일상화되어 있는 증오와 불신과 집단적 냉소가 우리 모두의 창의와 의욕을 한없이 천대하고 있습니다.

국민의 불과 0.2%가 한 해 동안 80조여 원의 불로소득을 '벌고' 있으며, 한편에서는 그 빈궁과 억압이 사람을 소외시키고, 다른 한편에서는 그 잉여*와 방종*이 사람을 부단히 타락시키고 있습니다. 이와 같은 자본의 부당한 축적 과정을 그대로 둔 채 이 집단적 불신과 냉소를 국민적 공감으로 합의해 내기란 불가능한 일입니다.

사회의 진보는 경제적 부로 이룩되는 것이 아니라, 결국은 사람과 그 사람들이 맺고 있는 '관계'의 실상에 따라 결정되는 법입니다. 자신의 역량에 대한 신뢰와, 더불어 만들고 함께 나누는 삶의 창출이 새로운 사람, 새로운 사회를 키우는 것이라면 바로 이 점에 있어서 민주노동 운동의 목표와 이상은 지극히 인간적이며 진보적이라 하지 않을 수 없습니다.

동물은 철저한 소비자일 뿐이며 미생물은 단지 보조자임에 비하여 지구 위의 유일한 생산자는 오직 식물이라는 한 농사꾼의 이야기는 실로 놀라운 정치경제학입니다. 나무를 키우는 일이 자연을 지키는 일이듯이 사회의 생산자를 신뢰하며 그를 건강하고 힘 있게 키우는 일이야말로 사회를 지키는 가장 확실한 길이며 나아가 수많은 사람들의 소외와 타락을 동시에 구제하는 유일한 길이라 할 것입니다.

사람의 얼굴

〈가고파〉란 노래를 들을 때 나는 내가 어린 시절에 자랐던 유천강을 생각합니다. 〈옛 동산에 올라〉란 노래를 들을 때마다 나의 머리 속에 변함없이 떠오르는 동산은 언제나 고향의 작은 뒷산입니다.

유천강이나 고향의 작은 뒷산은 이 노랫말을 지은 시인이 생전 보지도 듣지도 못한 곳입니다. 이 노래를 부르거나 듣는 사람들 가운데 내가 떠올리는 강이나 산을 연상하는 사람은 아무도 없을 것입니다. 심지어 어린 시절 이 강과 산을 함께 나누며 자라 온 나의 친구나 형제들 가운데에도 나와 같은 연상을 하는 사람은 아무도 없을 것입니다.

비단 노래뿐만이 아닙니다. 무심히 글을 읽다가 문장 속에서 잠시 만나는 한 개의 단어에서도 우리들에게는 그것과 함께 연상되는 장면이 있게 마련입니다. 글뜻에 마음이 빼앗겨 미처 돌이켜 볼 여유가 없어서 그렇지 이러한 연상 세계는 마치 영상의 배경처럼 우리가 구사하는 모든 개념의 바탕에 펼쳐져 있습니다.

이를테면 '민족'이란 단어를 읽을 때 연상되는 장면을 물어보면 사람마다 각각 다른 장면을 이야기해 줍니다. 어떤 사람은 태극기를, 어떤 사람은 3·1절 기념식장을, 어떤 사람은 88올림픽을, 장승을, 시골 장터를 연상하고 있습니다.

민족이란 단어뿐만이 아니라 더욱 구체적인 단어의 경우도 사람마다 그 연상의 세계가 가지각색이기는 마찬가지입니다. 소나무, 돼지, 자동차, 쌀, 옷······.

나는 오랜 독거 생활의 무료를 달랠 생각으로 시작한 것이기는 하지만 내가 사용하거나 만나는 모든 단어의 연상 세계를 조사해 나간 시절이 있었습니다. 내 생각의 배후를 파헤치는 심정으로 하나하나 점검해 본 적이 있습니다. 그리고 매우 놀라운 것을 발견했습니다.

예를 들어 '실업'이란 단어를 읽을 때 나의 머리 속을 스쳐 지나가는 장면은 경제학 교과서에서 읽은 이러저러한 개념이었습니다. 케인스*적 실업, 맬서스*적 실업, 상대적 과잉 인구, 실업률······ 메마른 경제학 개념과 이론들이 연상되는 것이었습니다. '전쟁', '자본', '상품'과 같이 고도의 사회성을 띠고 있는 개념도 그 사회관계의 본질인 사회적 관계가 사상*되고 있음은 물론이고 구체성을 담고 있는 개념마저도 그 연상 세계가 감각적이고 형식적인 것임에 놀라지 않을 수 없었습니다.

'전쟁'이라는 단어에서는 이제 패트리어트 미사일과 스커드 미사일이 펼치는 전자 오락 게임과 같은 텔레비전 화면이 연상되기 십상이며 '자본'에서는 은행의 금고가, '상품'에서는 백화점 쇼윈도가 연상되게 마련입니다. 한마디로 정서적 공감의 원초가 되는 '사람'이 연상되는 경우는 거의 없습니다.

이처럼 나의 머리 속에 사람의 얼굴이 담겨 있지 않다는 사실을 처음으로 깨달았을 때의 충격은 엄청난 것이었습니다. 그것은 심한 무력감과 외로움 같은 것이었습니다. 한겨울의 독방보다도 더 무력하고 통절한 외로움이었습니다. 더불어 함께 일할 동료도 없이, 손때 묻은 연장 하나 없이, 고작 몇 권의 책과 연필을 들고 척박한 간척지에 서 있는 느낌이었습니다.

사회과학도에게 요구되는 냉철한 이성cool head이 사람과, 사람과의 관계를 배제하는 것이 아니라면 이것은 거대한 허구가 아닐 수 없습니다. 더구나 냉철한 이성이 따뜻한 가슴warm heart을 바탕으로 하여 얻어지는 것이라면 나의 관념 세계는 실로 비정한 것이 아닐 수 없습니다.

나는 내가 읽고 생각한 것, 심지어 내가 온몸으로 겪은 것에서마저도 껍데기만 얻고 있었을 뿐이었고 껍데기로 누각*을 짓고 있었을 뿐이었습니다. 나는 나의 메마르고 비정한 연상 세계에 사람의 얼굴을 하나하나 심어 나가기로 작정하였습니다. 관념적인 연상 세계를 풍부한 구체성으로 채우고 싶었습니다.

나는 우선 '실업'이란 말을 듣거나 읽을 때 의식적으로 내가 잘 아는 친구를 떠올리기로 하였습니다. 그는 쌀 1kg에 800원 하던 때에 500원어치의 쌀을 달라고 하기가 부끄러워 라면으로 끼니를 때우는 사람이었습니다.

연탄을 살 돈이 없어 아예 냉방으로 지내던 겨울에 그를 괴롭히던 것은 추위가 아니라 혹시 다른 가게에서 연탄을 사고 있지나 않나 하고 의심스럽게 바라보는 가겟집 아주머니의 시선이 고통스럽던 친구였습니다. 하루 종일 번 돈이 식구들의 끼니를 에울 만큼이 되지 못하면 차마 자기만 바라고 있는 동생들을 볼 면목이 없어 집으로 들어가지 못하고 싸구려 합숙소에서 새우잠을 자고 새벽 어둠 속 대학병원에서 피를 팔던 친구였습니다.

회복실에 누워 메마른 카스테라를 먹으며 팔목을 타고 흘러내리는 피를 손가락에 찍어 벽에다 낙서를 하던 친구. 그 친구를 생각하기로 작정하였습니다. 그가 썼던 벽 위의 낙서를 생각하기로 하였습니다.

관념성을 벗는다는 것은 일차적으로 이 연상의 세계가 관념적이지 않아야 할 것 같았습니다. '건축'이라는 단어에서 '빌딩'이 연상되는 것보다는 '포크레인'이나 '망치'가 연상되는 것이 덜 관념적이고 포크레인이나 망치보다는 자기가 잘 아는 '목수'가 연상되는 경우가 보다 덜 관념적이라고 생각됩니다.

더구나 '정직'이라든가 '양심'과 같이 추상적인 단어일수록 그것과 더불어 사람이 연상되지 않는 한 그것이 사람들의 삶을 담아내는 일에 있어서는 무력할 수밖에 없는 것이며, 그것이 인간적인 것으로 되기는 더욱 어려운 것입니다.

그리고 더욱 중요한 것은 연상되는 사람이 어떠한 사람인가에 따라서 사고의 성격 즉 그의 사회적 입장이 정해진다는 사실입니다. 그리고 그 시대 그 사회의 가장 민중적인 사람들이 사고의 밑바탕을 자리 잡고 있어야만 그의 사상도 시대적 과제와 사회적 모순을 온당하게 반영하고 그것과 튼튼히 연결될 수 있다는 사실입니다.

그리하여 '자유'나 '평등'과 같은 고매한 개념도 사람과, 사람과의 관계를 사실적으로 표현해 내는 그림으로 그 내용이 채워질 때 비로소 우리는 관념의 유희와 비인간적인 물신성*으로부터 해방될 수 있는 것이라 생각됩니다.

고향에서 숙모님이 보내 주신 대추 한 되를 앞에 놓고 숙모님의 모습과 고향의 산천을 떠올리기는 어렵지 않지만 수퍼에서 구입한 사과 한 개를 손에 들고 과수원을 연상하기는 어렵습니다. 더구나 거리마다 넘치는 무수한 자동차를 바라보며 자동차 공장의 기름땀에 젖은 노동자들의 수고를 생각하기는 거의 불가능에 가깝다고 할 것입니다.

사람의 얼굴이 담겨 있지 않은 우리의 머리와 사람과의 관계가 사라져 버린 우리들의 삶 속에 사람 대신 무엇이 그 자리를 차지하고 들어앉아 있는지…… 참으로 섬뜩하지 않을 수 없습니다.

북한산 등반 길에서 어느 중년의 남자 두 사람이 이야기하며 지나갔습니다. "저게 다람쥐는 아니고 이름이 무어라더라? 꼬리가 꽤 비싸다던데?" 우리들의 생각은 얼마나 삐뚜로 놓여 있으며 우리들의 삶은 얼마나 삭막하고 산산히 조각나 있는가.

모든 물질적 성과와 모든 정신적 문화의 밑바탕에서 그것을 만들어 내고 그것을 지탱하고 있는 사람들의 얼굴을 발견해 내고 그 사람들과의 관계 위에서 영위되고 있는 나의 삶을 깨닫지 않으면 안 되는 것입니다.

나는 그러한 깨달음을 가까이 두기 위하여 나의 연상 세계에 사람들을 심으려 했는지도 모릅니다. 그러나 독거실의 냉기 속에 곧추앉아서 사고의 배후를 파헤치고, 나의 뇌리 속에 틀고 앉은 잡다한 관념의 검불을 쓸어 내고, 그 자리에 나의 친구들을 심으려던 나의 시도는 결국 이렇다 할 진척을 보지 못한 채 참담한 구멍만 뚫어 놓고 말았습니다.

그 참담한 실패의 전모를 글로써 적기에는 그 과정이 너무나 복잡합니다. 돌이켜 보면 그것은 필요한 일이기는 하였으나 성급한 것이었습니다.

나에게는 우선 그 많은 개념들의 밑바닥에 들어앉힐 친구들이 부족했습니다. 그리고 설령 내게 수많은 친구가 있었다고 하더라도 그 친구들의 얼굴을 내게 정서적 친근감을 준다는 이유만으로 그 자리에 들어앉힐 수도 없었습니다. 친근한 개인으로 말미암아 도리어 그 개념이 왜소화하거나 심지어는 다른 내용으로 변질되어 버림으로써 거꾸로 주관성이 강화되기도 하였습니다. 뿐만 아니라 '실업'이라는 개념의 밑바닥에 들어앉힌 친구만 하더라도 그가 1980년대의 실업의 본질적 성격을 제시해 주지는 못했습니다.

사람이 담지(擔持)하고 있는 그 풍부한 정서와 사회성에 주목했던 나의 노력이 사람을 통하여 당대 감수성의 절정에 이르기는커녕 한낱 개별 인간에 대한 관심으로 전락되기도 하였습니다. 그리고 가장 절망적인 것은 도대체 독거실에 앉아서는 될 일이 아니었습니다. 세 번 네 번 심어도 뿌리내리지 않는 풀이었습니다. 한마디로 머리 속에 심을 것이 아니라 삶의 현장에서 어깨동무로 만나야 하는 것이었습니다.

연상 세계를 바꾸려던 나의 노력은 결국 나에게 작은 위안만을 한동안 가져다주었을 뿐 더욱 침통한 고민을 안겨 주었습니다.

개별 인간의 정서와 현실이 우선은 핍진한* 공감을 안겨 줄지는 모르지만 그것은 우리 시대의 견고한 구조적 실상에 대하여는 극히 무력할 뿐이었습니다.

'사람'이란 누구나 누구의 친구이고 누구의 가족일 터이지만 그것이 우리의 사고 속에 계속 친구나 가족으로서만 남아 있는 한 우리의 사고가 감상적 차원을 넘어 드넓은 지평으로 나아가기는 어려운 것이라고 생각됩니다.

그곳이 연상의 세계이든, 그곳이 현실의 팽팽한 긴장 속이든 우리는 우리가 만나는 사람으로부터 그 사람을 규정하고 있는 사회 구조적 얼개를 향하여 다시 나아가지 않으면 안 되는 것이라고 생각됩니다.

어차피 한 사람의 절친한 개인으로부터 출발하지 않을 수 없다 하더라도 그 개인을 매개로 하여 사회적 개인으로 나아가지 않는 한 우리는 당면한 모순을 변혁해 낼 주인공의 얼굴을 만날 수는 없는 것입니다. 더구나 그 역량에 대한 신뢰를 가질 수는 더욱 없는 것이라고 믿습니다.

그럼에도 불구하고 나는 나의 친구들을 소중히 간직할 것입니다. 일체의 실천이 배제된 독거실에서 추운 겨울밤을 뜨겁게 달구며 해후한 나의 친구들을 나는 사랑합니다. 애정은 아무리 보잘것없는 대상도 자신의 내부로 깊숙이 안아 들여 더욱 큰 것으로 키워 내기 때문입니다.

그리고 진정한 애정은 우리 시대의 가장 첨예한 모순의 한복판으로 걸어 나가는 일, 그리고 그 현장의 첨예한 칼끝으로부터 부단히 상처받는 일인지도 모릅니다. 그것이야말로 우리의 생각을 확실한 물적 토대 위에 발 딛게 하는 길이며, 우리의 삶을 튼튼한 대지 위에 뿌리내리게 하는 길이며, 이윽고 우리들로 하여금 '우리 시대의 사람',

'우리 사회의 사람'으로 완성해 가는 길이기 때문입니다.

그리고 그 길은 언제나 사람에서 비롯되고 언제나 사람에게로 통하는 것이기 때문입니다.

수도꼭지의 경제학

C교도소 4동 상층의 세면장에는 수도꼭지가 8개 있었습니다. 그러나 사용할 수 있는 꼭지는 2개뿐이었습니다. 나머지 6개는 T자형의 손잡이를 뽑아 버리고 스패너로 단단히 조여 놓았기 때문에 먹통이었습니다. 맨손으로는 그것을 풀 수가 없도록 해놓았습니다. 물을 절약하기 위해서임은 말할 나위도 없습니다. 재소자는 너나없이 "물 본 기러기"이기 때문이었습니다.

교도소에서 귀하기로 말할 것 같으면 밥과 맞먹는 것이 물입니다. 단 한번도 물을 물 쓰듯 써 보지 못한 우리들로서는 너무나도 당연한 욕심입니다. 하루 세 끼 설거지에서부터 세수, 빨래는 물론이고 목욕은 감히 생심을 못한다 하더라도 냉수마찰은 어떻게든 하고 싶기도 합니다. 기회만 있으면 방에 있는 주전자나 물통은 물론이고 그릇이란 그릇마다 물을 채워 놓는 것이 일이었습니다. 물을 많이 챙겨 놓은 날은 마음 흐뭇하기가 흡사 그득한 쌀 뒤주를 바라보는 심정이었습니다. 그만큼 물이 귀했습니다.

여름철은 말할 필요도 없고 겨울이라고 해서 찬물 목욕이나 담요 빨래를 시켜만 준다면 마다할 사람이 없는 처지이고 보면 물을 가운데에 둔 관(官)과 재소자의 줄다리기가 사철 팽팽하지 않을 수 없는 것입니다. 8개의 수도꼭지 중에서 2개만 남기고 나머지 6개를 먹통으로 잠가 버리는 것은 어느 교도소건 관례가 되다시피한 통상적인 통제의 방법이었습니다. 이것은 이를테면 원천을 봉쇄하는 가장 확실한 방법이기 때문입니다. 이러한 방법이 언뜻 가장 완벽한 것 같지만 사실은 그렇지 못하였습니다. 어느새 엄청난 누수가 일어나고 마는 것입니다.

맨 먼저 일어난 사건은 성하게 남겨 둔 수도꼭지의 손잡이가 분실되기 시작하는 사건이었습니다. 처음 몇 번은 관에서 없어진 손잡이를 다시 갖다가 꽂아 놓았습니다. 그러나 다시 꽂기가 무섭게 이내 없어지고 말았습니다. 수도꼭지는 어느 것이나 마찬가지로 윗부분의 나사 한 개만 풀면 손잡이가 쉽게 분해될 수 있는 얼개였으며, 손잡이만 가지면 먹통 꼭지를 틀어서 얼마든지 물을 얻을 수 있기 때문이었습니다.

손잡이의 분실 사건이 계속되자 이제는 아예 나머지 성한 꼭지의 손잡이마저 분리하여 담당 교도관이 책상 서랍에 보관하였습니다.

이제는 물을 합법적으로 쓰기 위해서도 절차를 밟아야 했습니다. 숨겨 둔 손잡이의 가치는 더욱 커졌습니다. 다른 출역사동*의 세면장에 있는 수도꼭지의 손잡이가 분실되기 시작하였고 공장이건 목욕탕이건 심지어 직원 화장실에 이르기까지 수도꼭지가 분실되지 않는 곳이 없었습니다.

우리 방에도 물론 비밀리에 입수하여 감추어 두고 사용하는 수도꼭지가 한 개 있었습니다. 그리고 제법 끝발이 센 K군이 자기 혼자만 사용하는 손잡이가 한 개 더 있었습니다. 4동 상층의 11개 사방 가운데 수도꼭지를 한두 개 감추어 두고 있지 않은 방은 하나도 없었을 것입니다. 그리고 '잘 나가는 방'에는 두어 개씩 보유하고 있기도 하였습니다. 심지어는 2개 또는 3개씩의 개인용 꼭지를 가지고 있는 사람도 있었습니다. 혹시 분실할 수도 있고 검방이나 검신* 때 발각되어 압수될지도 모르기 때문에 여벌로 한두 개쯤 더 가질 필요가 있는 것입니다.

수도꼭지는 어느덧 친한 친구나 평소 신세를 진 사람에게 귀한 선물이 되기도 하였고 더러는 상품이 되어 다른 물건과 교환되기도 하였습니다. 수도꼭지는 이제 수도꼭지 이상의 가치를 갖게 되었습니다. 수도꼭지는 물을 떠나서도 가치를 지니게 되었습니다.

4동 상층에 몰래 감추어 두고 사용하는 수도꼭지가 모두 몇 개인지 정확하게는 알 수 없지만 대충 계산해 보더라도 11개 방마다 한두 개씩 그리고 끝발 있는 재소자가 네댓 명이라 치면 거진 20여 개의 수도꼭지가 있는 셈이 됩니다. 세면장에 설치되어 있는 8개의 수도꼭지에 비하면 무려 두어 갑절이나 됩니다. 그럼에도 불구하고 수도꼭지는 여전히 부족하였습니다. 우선 그 방에 몰래 감추어 두고 쓰는 것이기 때문에 그 꼭지의 관리자한테 일일이 허락을 받아야 하였고, 개인용을 빌리기도 한두 번이지 미안하고 속상하는 일이었습니다.

4동 상층의 1백여 명의 재소자가 불편이나 불평 없이 물을 쓸 수 있기 위해서는 대체 몇 개의 수도꼭지가 있어야 하는지 계산해 보았습니다. 1인당 1개에다 분실이나 압수에 대비한 여벌 1개씩 도합 2백여 개의 수도꼭지가 필요하다는 계산입니다. 8개의 수도꼭지에 비하여 무려 2, 30배의 수도꼭지가 필요한 셈입니다. 이처럼 많은 양이 있더라도 물의 사용은 일단 불법임에는 변함이 없습니다. 실제로 담당 교도관에게 적발되어 수도꼭지를 압수당하고 경*을 친 사람도 더러 있었습니다. 대개는 담당 교도관에서 밉게 보인 사람이거나 만만하게 보인 약한 사람이었습니다. 그러나 사람들은 그를 일컬어 '재수 없어' 걸렸다고 했습니다.

어쨌건 원천을 봉쇄하여 물을 통제하려던 애초의 계획은 수포로 돌아가고 8개의 수도꼭지를 모두 열어 놓는 것보다 더 많은 물이 누수되고 있었습니다. 스패너로 단단히 묶어 둔 6개의 먹통 수도꼭지도 아무 소용이 없었습니다. 맨손인 사람에게만 철벽일 뿐 수도꼭지를 가지고 있는 사람한테는 수청 기생처럼 쉽게 몸을 풀었음은 말할 필요가 없었습니다.

이처럼 수많은 수도꼭지에도 불구하고 대부분의 사람들에게는 물은 여전히 부족하였고 불편하였습니다. 물의 필요는 수도꼭지에 대한 욕심으로 바뀌어 남들의 비난을 받았고 스스로도 부끄러웠습니다.

이 이야기는 물론 징역살이의 이야기이고 교도소 안에나 있는 '물 본 기러기'들의 물 욕심에 대한 이야기이기도 합니다. 그러나 나는 지금도 서울의 도처에서 문득문득 그 씁쓸한 수도꼭지의 기억을 상기하게 됩니다. 수많은 자동차들로 체증을 이룬 도로의 한복판에서 걷는 것보다 더 느리게 꿈틀대는 버스 속에 앉아 있을 때 나는 예의 그 수도꼭지를 생각합니다. 분양 아파트의 모델 하우스에 붐비는 인파 속에서 나는 먹통 수도꼭지 앞에서 마른 침을 삼키던 예의 그 갈증을 생각합니다.

8개의 수도꼭지로 될 일이 20개, 30개의 수도꼭지로도 안 되는 일은 교도소가 아닌 바깥 세상에도 얼마든지 있습니다. 자동차도 그렇고 아파트도 그렇고 땅도 그렇고 대학 입시도 그렇고 화려한 백화점의 수많은 상품들도 그렇습니다. 나는 낯선 서울 거리를 걸으며 버릇처럼 수도꼭지를 상기합니다. 맨손으로 수도꼭지를 비틀다가 하얗게 핏기가 가신 엄지와 검지의 통증을 생각합니다. 그리고 그때마다 잘못된 소유, 잘못된 사유가 한편으로 얼마나 엄청난 낭비를 가져오며,

다른 한편으로 얼마나 심한 궁핍을 가져오는가를 생각합니다. 망망
대해 위를 날으는 목마른 기러기를 생각합니다.

어려움은 즐거움보다 함께하기 쉽습니다

"어려움을 함께하는 일이 쉬운가, 즐거움을 같이하는 일이 쉬운가."

　이러한 질문을 받고 우리는 즐거움을 나누는 일이 훨씬 쉽다고 생각합니다. 어려움을 함께하기 위해서는 상당한 정도의 고통을 분담할 수밖에 없지만 하등의 고통 분담도 없이 함께할 수 있는 것이 즐거움이기 때문입니다.

　그러나 일찍이 양자강 유역에서 오월吳越*이 패권覇權*을 다투던 때의 이야기입니다만 월왕越王 구천句踐*을 도와 회계산會稽山*의 치욕을 설욕케 한 범려范蠡*의 생각은 이와 반대입니다. 그는 월왕 구천을 평하여 "어려움은 함께할 수 있어도 즐거움은 같이할 수 없는 사람"이란 말을 남기고 그를 떠납니다. 범려의 이러한 판단은 물론 구천이란 개인을 두고 내린 것이라고 할 수 있습니다. 그러나 비단 구천뿐만이 아니라 우리들에게는 평범한 사람들의 성정*이 대체로 그러하다는 경험이 없지 않습니다. 일감을 나누기보다 떡을 나누기가 더 어렵다는 옛말이 그렇습니다.

즐거움을 함께하기 어려운 이유는 물론 여러 가지가 있겠지만 가장 중요한 이유는 무엇보다도 즐거움은 다만 즐거움 그 자체에 탐닉耽溺하는 것으로 시종*하기 때문입니다. 그리고 탐닉은 자기 자신에 대한 몰두입니다. 그것이 타인에 대한 축하에서 비롯된 경우에도 결국은 자기 감정, 자기의 이해관계에 대한 몰두로 변합니다. '함께'의 의미가 그만큼 왜소해집니다. 마치 장갑을 벗지 않고 나누는 악수처럼 체온의 교감을 상실하고 있는 것이 대체로 즐거움의 부근附近입니다. 내 손이 따뜻하면 네 손이 차고, 네 손이 따뜻하면 내 손이 차가운 줄을 알게 하는 맨손의 악수와는 분명 다른 만남입니다. 토사구팽兎死狗烹*이란 성어成語도 범려가 떠나면서 남긴 말입니다. 이해利害로 맺은 야합野合이 팽烹을 낳습니다. 탐닉과 거품의 처음과 끝이 그러합니다.

설날이란 '낯선 날'이란 뜻이라고 합니다. 새해를 맞아 스스로 삼가는 마음을 담고 있습니다. 올해는 참으로 낯선 한 해를 맞고 있습니다. 겨울 바람과 함께 몰아치는 경제 한파가 낯설기만 합니다. 지금의 고통 뒤에 또 어떤 고통이 뒤따를지 짐작하기 어렵습니다. 생각하면 이러한 경제 한파는 결코 낯선 것이 아닙니다. 우리들 스스로가 만들어 낸 것이며 알면서도 외면하고 있었던 것에 불과합니다.

이 한파 속에도 한 가닥의 위로가 없지 않습니다. 거품이 빠진다는 사실에서 위로를 받습니다. 거품이 빠지면서 때도 함께 빠지기 때문입니다. 어려움은 즐거움보다 함께하기 쉽다는 사실에서 위로를 받습니다. 어려움은 그것을 함께할 사람을 그리워하게 하기 때문입니다. 그리하여 우리의 실상을 분명하게 직시할 수 있게 된다면 그것은 참으로 소중한 반성이고 위로가 아닐 수 없습니다.

새해를 맞아 다시 '한강의 기적'을 만들어 내자는 호소는 바람직하지 않다고 생각합니다. 또다시 거품을 만들자는 구호와 다름없기 때문입니다. 거품만 빼고 때는 빼지 말자는 은밀한 책략이 될 수 있기 때문입니다. 나라가 어려우면 어진 재상을 생각하고 집이 어려우면 좋은 아내를 생각하는 것처럼國亂思良相 家貧思賢妻 우리는 모름지기 사람을 깨닫는 일에서부터 시작해야 할 것입니다. 가장 귀중한 삶의 가치란 바로 사람으로부터 건너오는 것임을 깨닫는 일에서부터 시작하여야 할 것입니다. 까마득히 잊었던 사람을 발견하고 그 사람들과 함께 어려움을 견딜 수 있는 진지陣地*를 만들어야 할 것입니다. 참다운 삶의 가치를 지켜 주는 따뜻한 진지를 만들어 내고, 막강한 국제 금융 자본의 한파에도 무너지지 않는 견고한 진지를 만들어 가야 합니다.

그리하여 올해는 우리들로 하여금 근본으로 '돌아가도록' 하는 통절한 각성의 한 해로 맞이하여야 할 것입니다. 잊었던 벗을 다시 만나는 해후의 나날로 만들어 가야 할 것입니다.

나눔, 그 아름다운 삶

"재물財物이 모이면 사람이 흩어지고 재물이 흩어지면 사람이 모인다." 이 말은 재물과 사람의 관계에 관한 우리들의 오랜 금언이었습니다. 재물을 다른 사람들에게 베풀지 않으면 그의 주변에는 사람들이 모이지 않고 반대로 여러 사람을 위하여 자기의 재물을 베풀면 그의 주변에 사람들이 모인다는 것이 우리들의 믿음이었습니다. 그리고 이 금언은 재물보다는 사람을 더 귀중하게 생각해 온 우리의 문화이기도 하였습니다.

그러나 이 말은 이제 참으로 옛말이 되었습니다. 지금은 오히려 재물이 모여야 사람이 모이고 재물이 흩어지면 사람도 흩어진다고 믿고 있는 것이 오늘의 현실입니다.

재물과 사람의 관계가 이처럼 역전된 까닭은 무엇인가. 그것은 물론 사람보다 재물을 더 귀하게 여기기 때문입니다.

그렇다면 재물을 사람보다 더 귀하게 여기는 까닭은 무엇인가. 이것은 참으로 부질없는 질문입니다. 재물만 있으면 사람은 얼마든지 살 수 있기 때문입니다.

너무도 당연한 것에 대하여 의문을 갖는다는 것은 그 자체가 어리석기 짝이 없는 것인지도 모릅니다. 그러나 어리석은 물음이 현명한 답변을 주기도 합니다. 어리석은 질문은 때때로 우리의 삶에 대한 성찰과 사회에 대한 반성을 담기도 합니다.

뒤바뀐 금언을 놓고 우리가 생각해 보아야 하는 것은 먼저 '재물'에 관한 것입니다. 과거의 재물과 현재의 재물에 어떤 차이가 있는가 하는 점입니다.

과거의 재물은 이를테면 곡식과 같은 소비재 형태의 재물이었음에 비하여 오늘의 재물은 자본입니다. 재물과 자본의 차이는 엄청난 것입니다. 재물은 소비의 대상이지만 자본은 그 자체가 가치 증식의 수단입니다. 자본은 자기를 불리기 위한 것입니다. 결코 나눌 수 없는 성질을 갖는 것입니다.

재물은 사람의 사용을 위한 것이지만 자본은 자본 그 자체의 가치 증식을 목적으로 하기 때문입니다. 그리고 또 한 가지의 결정적 차이는 재물은 무한히 쌓아 둘 수 없지만 자본은 무한히 쌓아 둘 수 있다는 사실입니다.

오늘의 재물인 자본은 이처럼 과거의 재물과 그 성격에 있어서도 판이하고 그 형태도 확연히 달라졌습니다. 끊임없이 자기를 불려 나가야 하는 본질을 갖고 있으면서 단 한 개의 계좌만으로서도 무한히 쌓아 놓을 수 있는 형태를 취하고 있는 것이 바로 오늘의 재물인 자본의 실체입니다. 그러나 재물과 자본의 가장 큰 차이는 재물이 사용 가치임에 반하여 자본은 교환 가치라는 사실입니다.

재물은 결국 사람을 위하여 쓰임으로써 자기의 소임을 다하게 되는 데 반하여 자본은 사람을 위하여 사용되는 것이 아니라 다른 것과 교환하여 자기를 끊임없이 불려 가는 과정을 반복하고 순환할 뿐이라는 사실입니다. 바로 이 점에서 우리는 "재물이 모이면 사람이 모인다"는 오늘날의 뒤바뀐 금언을 다시 생각하지 않을 수 없습니다.

재물이 모이면 사람이 모인다는 오늘날의 금언은 곧 자본이 고용을 창출한다는 뜻으로 이해될 수 있습니다. '자본에 의하여 고용된 취업'이 오늘날 사람이 모이는 가장 보편적인 형식이 되고 있는 것이 사실입니다.

그러나 이 경우에 자본을 중심으로 하여 모인 사람에 대하여 다시 한번 생각해 볼 필요가 있습니다. 자본을 중심으로 모인 것이 과연 진정한 인격으로서의 만남인가. 자본은 결코 인격을 요구하지 않습니다. 창의력이 있는 사람을 요구하는 경우에도 마찬가지입니다. 어떠한 경우든 결국 자본은 가치 증식에 필요한 노동력을 필요로 할 뿐입니다. 그렇기 때문에 재물이 모이면 사람이 모인다는 오늘날의 금언은 결국 허구일 수밖에 없습니다.

오늘날의 재물은 진정한 인격으로서의 사람을 모으지 못하고 있다고 해야 합니다. 인간적 가치 실현이 좌절된 직장에서 수많은 사람들이 겪고 있는 갈등에서부터 노동 해방의 치열한 투쟁에 이르기까지 우리 시대의 모든 사람들이 짐 지고 있는 고통과 아픔이 바로 여기서 연유하는 것임을 우리는 알고 있습니다.

그런 점에서 "재물이 흩어져야 사람이 모인다"는 옛말은 오늘날에도 여전히 금언으로 남아 있다고 할 수 있습니다. 재물을 흩어서 사람을 모으는 일은 단지 재물의 분배에 국한된 작은 이야기가 아닙니다. 그것은 어쩌면 우리 사회의 구조에 대한 이야기이기도 하고 삶과 인간에 대한 이야기이기도 합니다.

나눔이 실천될 수 없는 사회적 구조 속에서 나눔을 주장하는 것은 동정이나 자선을 호소하는 작은 담론이 아닙니다. 그것은 자본의 성격을 재물로 바꾸고 그 재물을 다시 사람의 소용에 닿게 하고자 하는 사회 운동과 인간 운동으로 이어질 수밖에 없기 때문입니다. '나눔'의 담론을 분식粉飾*의 방조적 공간으로부터 인간적인 사회 건설의 실천적 현장으로 이끌어 내는 일이야말로 새로운 시대의 실천적 과제인지도 모릅니다.

자본의 논리와 시장의 논리가 신자유주의*라는 이름으로 우리의 모든 인간적 가치를 황폐화시키고 있는 오늘의 현실 속에서 '나눔'은 사회와 인간을 읽을 수 있는 대단히 민감한 고리가 아닐 수 없습니다. 우리는 참으로 나누지 못하는 사회를 살고 있는지도 모릅니다. 역경을 겪어 온 김밥 할머니만이 나눔을 실천하고 있는 삭막한 사회를 우리는 살고 있는지도 모릅니다. 그러나 이러한 상황일수록 우리는 더욱 우직하고 어리석은 질문을 던져 볼 필요가 있습니다.

사람은 무엇으로 사는가? 돈이란 무엇인가? 하는 어리석은 질문을 스스로에게 던져 볼 필요가 있는 것입니다. 가장 뜨거운 기쁨은 사람으로부터 얻는다는 것을 우리는 알고 있으며 마찬가지로 가장 침통한 아픔도 바로 사람으로부터 온다는 것을 알고 있습니다. 그럼에도 불구하고 우리는 가장 근본적인 것을 돌이켜 볼 수 없는 숨 가쁜 골목을 달리고 있는지도 모릅니다.

생각하면 우리가 나누어야 할 것은 재물이 아닙니다. 자본이든 재물이든 그것은 근본적으로 나눌 수 없는 것입니다. 그것은 어쩌면 이미 나누지 않았기 때문에 형성된 것일 수도 있기 때문입니다. 우리가 나눌 수 있는 것은 나눔으로써 반으로 줄어드는 것이 아니라 나눔으로써 두 배로 커지는 것에 국한될 수밖에 없습니다. 그런 점에서 나눔은 사랑이어야 하고 모임은 봉사이어야 합니다.

사랑과 봉사, 그것은 조금도 상실이 아니기 때문입니다. 그리고 사랑과 봉사야말로 한없이 인간적인 것이기 때문입니다. 우리 사회의 재물을 더 풍성하게 하고 우리를 더욱 아름답게 가꾸어 주는 것이기 때문입니다. 그리고 그것은 우리 사회를 그 구조에서부터 가꾸어 주는 것이기 때문입니다.

내 기억 속의 기차 이야기

소리로만 기억되는 기차가 있었습니다. 20년간 갇혀 있으면서 그 중 15년을 대전교도소에서 보냈습니다. 대전교도소는 호남선 철길과 가까운 곳에 있어서 가장 가슴 아프게 하는 것이 밤마다 들려오는 열차 소리였습니다. 갇혀 있는 처지에서 듣는 기차 소리는 가슴 저미는 아픔과 그리움이었습니다. '차창에 불 밝힌 저 기차는 저마다의 고향으로 사람들을 싣고 가고 있구나' 하는 상념에 젖게 합니다. 특히 명절이 가까워 올 때면 그런 생각이 더욱 간절해져 바깥 세상을 향한 그리움을 앓게 됩니다. 근 20년 기차 소리는 그렇게, 바깥으로 향하는, 가족들 혹은 그리운 이들에게 돌아가는 귀환의 의미로, 어쩌면 시적인 정서로 내 마음에 자리 잡았습니다.

　출옥 후 번거롭기는 하지만 가능하면 기차를 이용하는 것도 그 기억과 무관하지 않으리라고 생각됩니다. 특히 대전쯤을 지날 때면 '예전에 소리로만 듣던 기차에 내가 앉아 있구나' 하는 생각이 들어 감회가 남다릅니다.

최근 남북 간에 끊어진 열차가 이어진다는 소식을 들으면서 또 다른 감개에 젖게 됩니다. 가슴에 담고 있던 감상적인 정서와는 사뭇 다른 정서, '엄청난 세계가 열리는구나' 하는 생각에 그동안 내가 너무 개인적인 정서에 칩거해 있지 않았나 하는 반성을 하게 됩니다.

97년 1년간 중앙일보사에서 기획한 세계 기행을 할 기회가 있었습니다. 첫 여행지로 찾아간 곳이 스페인이었는데 비행기로 무려 16시간이나 걸려 도착한 곳이었습니다. '만약 서울—평양 간 철길이 열리고 중국을, 러시아를 거쳐서 스페인에 도착했더라면 그 길이 얼마나 풍부한 여행의 정서로 가득 차겠는가' 하는 생각을 했었는데 바로 그 철길이 지금 열리고 있습니다.

끊어진 철길의 복구는 당연히 우리들에게 통일의 의미로 다가옵니다. 그러나 그것은 단지 민족의 통일만을 의미하는 것은 아닐 것입니다. 그 길은 우리의 역사가 일본과 미국을 통한 세계와의 관계 형성이라는 그런 좁은 틀을 벗어 버리고 대륙과 세계로 바로 나아갈 수 있는 역사의 큰 길이 열린다는 것을 의미합니다. 그런 점에서 그것은 끊어진 철길의 복구가 아니라 끊어진 세계와의 관계를 복구하고 새롭게 정립하는 범상치 않은 의미를 갖는다고 생각합니다.

이처럼 역사적인 변화의 물결 속에서, 감옥 시절에 간직했던 기차에 대한 감상을 떠올린다는 것은 부끄러운 추억입니다. 그러나 또 한 편 생각해 보면 그러한 추억이 비록 감상적이라고 하더라도 결코 지워 버려야 할 하찮은 추억이라고 생각하지는 않습니다. 최근에 상영된 일본 영화 '철도원'은 궁벽한* 시골의 작은 간이역에 얽힌 인간의 삶과 그 시절의 진솔한 이야기를 아름답게 그려 내고 있습니다. 근대화와 경제 성장이라는 일방 궤도를 숨 가쁘게 달려온 우리의 현대사를 돌이켜 보면 진솔한 인간적 공간이 그 설 자리를 잃었거나 주변으로 밀려나 버린 아픔을 안겨 줍니다.

생각해 보면 우리의 삶에 있어서 간이역의 키 작은 코스모스와 먼 곳으로 이어진 철길을 바라보며 키우는 그리움이야말로 어떠한 물질적 풍요나 속도라 하더라도 결코 가져다줄 수 없는 인간적 진실입니다. 어떠한 것과도 바꿀 수 없는 아름다운 삶의 내용이며 꿈이 아닐 수 없습니다.

뉴 밀레니엄의 새로운 문명을 모색하는 과정에서도, 그리고 숨 가쁘게 진행되고 있는 통일의 도정*에서도 이러한 인간적 진실이 온당하게 평가받고 재조명되어야 할 것입니다. 그것은 망각되고 주변화된 인간적 진실, 인간적 논리를 다시 세우는 일이기도 하기 때문입니다. 새 세기를 향하여 달리는 새로운 열차에는 우리의 인간적 소망이 가득히 실리길 바랄 뿐입니다.

아픔을 나누는 삶

해외 기행 때의 일입니다. 스웨덴 기행을 끝내면서 복지 국가 스웨덴을 한 장의 그림으로 만들어야 할 차례였습니다. 늦은 밤까지 애를 먹었던 기억이 있습니다. 복지 선진국 스웨덴을 그림으로 그리기가 어려웠던 까닭을 지금 다시 생각해 봅니다. 그것은 아마 스웨덴에서 받은 나의 인상이 의외로 착잡하였기 때문이었을 겁니다.

각종 복지관, 병원, 공원, 학교 등 스웨덴이 자랑하는 수준 높은 복지 제도는 기초 생활도 보장되지 못하고 있는 우리의 현실을 생각하면 사실 부러운 것이 한두 가지가 아니었습니다. 그럼에도 불구하고 나의 심정은 매우 복잡한 것이었습니다. 안락한 삶이되 어딘가 노쇠하고 무기력한 삶. 이것을 그림으로 표현한다는 것이 내게는 참으로 망연하였습니다.

한 가지 예를 들면 아내와의 다툼에 대하여 동료에게 이야기를 꺼내면 이야기를 채 잇기도 전에 정중하게 그 문제는 전문 상담인과 상담하라고 권유하면서 이야기를 잘라 버립니다. 물론 전문 상담자는 그의 동료보다 훨씬 더 합리적인 해결 방법을 제시해 줄 것이 틀림없습니다. 그러나 이것은 삭막한 풍경이 아닐 수 없습니다. 훌륭한 시설을 갖춘 노인 복지관의 할머니는 생면부지*의 여행자인 나를 붙잡고 놓아주려 하지 않았습니다. 사람을 그리워하는 노년의 생활은 무척 삭막해 보였습니다. 물론 복지관에 상담 프로그램이 실시되고 있기는 하였습니다. 그러나 나는 내내 훌륭한 시설이란 무엇인가 반문해 보았습니다. 편리하게 설치되어 있는 첨단 시설들이 오히려 비정한 모습으로 내게 비쳐 오는 것이었습니다.

한마디로 스웨덴에서 느낀 삭막함은 사람들 사이에 아픔의 공유가 없다는 사실에서 오는 것이었는지도 모릅니다. 아픔은 그것의 신속한 해결만이 전부가 아니라고 생각됩니다. 아픔은 신속한 해결보다는 그 아픔의 공유가 더 중요하지 않을까. 우산을 들어 주는 것보다 함께 비를 맞는 것이 진정한 도움이 아닐까. 생각은 매우 착잡하였습니다.

아픔의 공유와 그 아픔의 치유를 위한 공동의 노력. 그러한 공동의 노력은 그 과정에서 당면의 아픔만을 문제삼는 것이 아니라 그 아픔을 만들어 내는 근본적인 사회적 구조를 대면하게 해준다고 믿습니다. 이것은 질병을 국소*적 병리 현상으로 진단하고 대증요법對症療法*

아픔을 나누는 삶

으로 처치하는 의학보다는 질병을 생리 현상生理現象으로 파악하고 인체의 생명력을 높이는 동의학東醫學*의 사고와 맥을 같이하는 것이라 할 수 있습니다.

최근 연복지緣福祉 개념을 구성하여 서구적 복지 개념을 반성하는 이론도 제시되고 있습니다만 나는 그러한 시도에서 어떤 가시적 성과를 기대하기보다는 그러한 이론적 접근이 인간관계를 주목하게 하고 사회 구조의 문제를 대면하게 한다는 점에서 매우 긍정적 기대를 갖고 있습니다.

덕불고 필유린德不孤 必有隣은 물론 덕을 베푸는 사람에게는 반드시 이웃이 있다는 의미입니다. "적어도 50세까지 베푸는 삶을 산다면 그 이후의 삶은 걱정하지 않아도 된다"는 해석이 사회 구조를 반성하는 풀이로서 더욱 적절한 해석이라고 생각합니다.

『노자』*의 마지막 장에는 "성인은 사사로이 쌓아 두지 않는다. 이미 남을 위하여 베풀었으므로 오히려 자기에게 넉넉하게 있는 것이나 다름없다"聖人不積 旣以爲人己愈有 旣以爲人己有多는 구절이 있습니다. 물론 범인*에게 성인의 도리를 요구하는 것은 무리라고 생각됩니다. 그러나 이 경우의 성인은 이상적 목표를 의미하는 것으로 받아들일 수 있습니다.

생각하면 오늘날의 복지 문제는 함께 아픔을 나누지 않고 그 가진 바를 남을 위하여 베풀 수 없는 사회 구조에서 비롯되는 것이 아닐 수 없습니다. 궁극적으로는 사회 구조와 인간관계의 문제가 아닐 수 없습니다.

그러나 최소한의 기초 생활마저 해결하지 못하고 있는 우리의 열악한 복지 현실에서 사회 구조의 문제나 인간관계의 문제를 거론한다는 것은 너무나 비현실적인 접근인지도 모릅니다. 더구나 모든 물질적 여유가 나누어지기는커녕 남김없이 자본화되어 치열한 자기 증식自己增殖을 추구하고 있는 것이 우리의 현실입니다. 비자본적 공간에 남아 있는 '작은 인정'만을 나누고 있는 것이 우리의 현실입니다.

그러나 우리 사회에는 비시장적非市場的 공간과 비자본주의적非資本主義的인 관계가 도처에 건재하고 있으며 얼마든지 확장될 수 있는 가능성이 있다는 사실이 간과되어서는 안 될 것입니다. 그러한 가능성을 키워 나가는 것이 진정한 사회 변화의 내용이 되고 새로운 문명적 담론으로 자리 잡아야 하는 것도 사실입니다. 성급한 목표 달성보다는 그 목표에 이르는 과정, 그 과정 속에서 진정한 의미를 찾아야 하는 것 또한 사실이 아닐 수 없습니다. 나는 스웨덴에서 느꼈던 착잡한 상념이 우리의 열악한 현실을 위로하려는 감상이 아니기를 바랍니다.

아름다운 패배

새해를 맞는 당신의 모습을 바라보며 나는 꼭 일 년 전에 벌였던 화려한 새 천년의 축제를 떠올립니다. 폭죽으로 밤 하늘을 수놓았던 밀레니엄 축제가 엊그제 같습니다. 다시 새해를 맞아 일터로 나서는 당신의 무거운 발걸음을 바라봅니다. 당신의 모습은 어쩌면 새해를 맞는 우리들 모두의 모습입니다.

돌이켜 보면 지난 한 해는 기업, 의료, 농촌, 교육, 금융 등 사회의 모든 영역이 자기의 권익을 지키려는 수많은 사람들의 몸부림으로 얼룩진 한 해였습니다. 일터를 떠나는 사람들이나 남은 사람들에게나 구조 조정은 희망이기보다는 불안이었습니다. 어떤 구조를 만들려고 하는지 어떤 방법으로 조정하려고 하는지에 대한 최소한의 대화나 신뢰도 사라지고 없습니다. 남에게 고통을 떠밀어야 하고, 고통뿐만 아니라 책임까지 떠밀어야 하는 싸움만 앞두고 있습니다. 이것이 우리가 마주하고 있는 새해의 현실입니다. 2000년이 새 천년인지, 2001년이 진짜 새 천년인지 알 수 없지만 어느 것 하나 새로울 수 없는 새해를 시작하면서 우리는 과연 무엇을 어떻게 해야 할지 망연할 뿐입니다.

당신은 이제 모든 것을 싸움의 승패에 걸 수밖에 없다고 했습니다. 그리고 싸움은 시작하면 이겨야 한다고 했습니다. 그러나 안타까운 것은 싸움이란 모두가 이길 수 없다는 것이 싸움의 비극입니다. 머리띠 두르고 싸움터로 나서는 당신의 모습을 보고 참담한 심정이 되는 까닭은 당신의 싸움이 외로운 싸움이기 때문이며, 외로운 싸움이기 때문에 결국 상처와 패배를 안고 돌아오리란 것을 알기 때문입니다. 당신의 상대는 매우 완강합니다. 자본과 권력과 여론과 보이지 않는 시장과 그리고 초국적 자본이라는 겹겹의 벽 속에 당신은 서 있습니다.

나는 당신에게 차라리 아름다운 패배를 부탁하고 싶습니다. 오늘은 비록 패배이지만 내일은 승리로 나타나는 아름다운 패배를 부탁하고 싶습니다. 아름다운 패배는 어쩌면 모든 사람들의 승리가 될 수도 있습니다. 그래서 나는 당신에게 패배하는 방법을 고민해야 한다고 했습니다. '누구'와 싸울 것인가보다는 '무엇'을 상대로 싸울 것인가를 물었습니다. 당신은 어차피 어느 한 사람을 골라서 싸울 수도 없습니다. 기업, 공공, 노동, 금융 등 4대 구조 조정의 모든 짐이 오로지 당신의 어깨에 짐 지워지게 되어 있고 겹겹의 포위 속에 놓여 있기 때문입니다. 그렇기 때문에 '무엇'을 상대로 싸우고 있는가를 밝혀야 합니다. 싸움의 이유를 널리 천명해야 합니다.

당신은 기업만 살아야 되는 이유를 모른다고 했습니다. 공기업과 금융 기관이 수익을 내야 한다는 이유를 알지 못한다고 했습니다. 20 : 80의 사회에서 20만이라도 살아야 언젠가 80이 살 수 있다는 논리를 믿을 수 없다고 했습니다. 결국은 공적 자금이라는 국민 부담으로 전가시키면서 그러한 이유, 그러한 논리를 펴는 것을 이해할 수 없기는 나도 당신과 마찬가지입니다. 비단 당신과 나뿐만이 아닙니다. 묵묵히 고통을 감내하고 있는 사람들도 알 수 없기는 마찬가지라고 생각됩니다.

당신은 계속해서 질문을 던져야 합니다. 경제 성장의 목적은 무엇인가? 사람이 사는 목적은 무엇인가? 우리들이 까맣게 잊고 있는 것들을 당신의 싸움은 드러내어야 합니다. 조정이 아니라 진정한 개혁이 아닌 한, 기업의 수익 구조가 아니라 국민 경제의 토대를 개혁하지 않는 한 어김없이 경제 위기는 또다시 닥쳐오게 되어 있다는 것을 이야기해야 합니다. 당신의 싸움은 바로 이러한 근본을 천명하는 싸움이어야 합니다. 공감과 감동을 이끌어 내는 외롭지 않은 패배여야 합니다. 그리하여 기어코 승리하는 아름다운 패배가 되어야 합니다.

새해의 벽두에 나누는 패배의 이야기가 다시 마음을 참담하게 합니다. 그러나 나는 당신이 패배의 이야기가 아닌 승리의 이야기로 읽어 주리라 믿습니다.

당신의 새해를 기원합니다. 새해도 모든 처음과 마찬가지로 그것이 새로운 것이 되기 위해서는 새로운 시작이 있어야 합니다. 바로 "오늘", "이곳"에 새로운 것을 심어야 합니다.

언젠가 당신에게 드린 글을 다시 씁니다.

"처음처럼──처음으로 하늘을 만나는 어린 새처럼, 처음으로 땅을 밟는 새싹처럼 우리는 하루가 저무는 저녁 무렵에도 마치 아침처럼, 새봄처럼 그리고 처음처럼 언제나 새날을 시작하고 있다."

용어 사전

가교(假橋) 임시로 놓은 다리.

가자(加資) 조선 시대에, 관원들의 임기가 찼거나 근무 성적이 좋은 경우 품계를 올려 주던 일. 또는 그 올린 품계. 왕의 즉위나 왕자의 탄생과 같은 나라의 경사스러운 일이 있거나, 반란을 평정하는 일이 있을 경우에 주로 행하였다.

강유(剛柔) 성품의 굳셈과 부드러움.

강정(江亭) 강가에 있는 정자.

강호(江湖) 강과 호수를 아울러 이르는 말. 예전에, 은자(隱者)나 시인(詩人), 묵객(墨客) 등이 현실을 떠나 생활하던 시골이나 자연.

개방(開房) 교도소에서, 아침에 일을 시키려고 재소자를 감방에서 내보내는 일.

검신(檢身) 위험한 물건을 지녔거나 물건을 몰래 빼돌려 가져가는 사람을 잡아내기 위하여 몸을 검사하는 일.

격납(格納) 집어서 수납해 둠.

견강부회(牽强附會) 이치에 맞지 않는 말을 억지로 끌어 붙여 자기에게 유리하게 함.

경(黥) 지난날, 도둑을 다스리던 호된 형벌의 한 가지. 또는 몹시 호된 꾸지람.

경화(硬化) 주장이나 의견, 태도, 사고 방식 따위가 강경해짐.

계수(季嫂) 제수. 남자 형제가 여러 명일 경우 막내의 부인을 이르는 말.

골계(滑稽) 익살을 부리는 가운데 어떤 교훈을 주는 일.

공기(公器) 사회의 구성원 전체가 이용하는 도구.

관조(觀照) 고요한 마음으로 사물이나 현상을 관찰하거나 비추어 봄.

관후하다(寬厚 —) 마음이 너그럽고 후덕하다.

교서(敎書) 왕이 신하, 백성, 관청 등에 내리던 문서.

구금(拘禁) 피고인 또는 피의자를 구치소나 교도소 따위에 가두어 신체의 자유를 구속하는 강제 처분.

구로(鷗鷺) 갈매기와 해오라기를 아울러 이르는 말.

구천(句踐) ?~B.C.465. 중국 춘추 시대 월(越)나라의 왕. 오(吳)나라의 왕 합려와 싸워 이겼으나, 그의 아들 부차에게 대패하여 회계산(會稽山)에서 항복하였다.

그 뒤 기원전 473년에 범려의 도움으로 오나라를 멸망시켰다. 재위 기간은 B.C.496~B.C.465년이다.

국소(局所) 전체 가운데 어느 한 곳.

군서(群棲) 무리살이.

궁벽하다(窮僻—) 매우 후미지고 으슥하다.

권부(權富) 권력과 재산.

규준(規準) 실천하는 데 모범이 되는 표준.

극노인(極老人) 연세가 높으신 노인.

근묵자(近墨者) 먹을 가까이하는 사람.

금관담배 1961년, 우리나라에서 처음으로 발매된 박하담배. 삼국 시대 신라 유물인 금관총의 금관에서 이름을 따온 이 담배는 여성 흡연자에게 큰 인기를 끌었다.

금목수화토(金木水火土) 오행설에서 쓰는 상생상극(相生相剋)의 순서.

기실(其實) 실제의 사정.

김시습(金時習) 1435~1493. 조선 전기의 학자. 호는 매월당(梅月堂), 동봉(東峯). 생육신의 한 사람으로, 승려가 되어 방랑 생활을 하며 절개를 지켰다. 유(儒)·불(佛) 정신을 아울러 포섭한 사상과 탁월한 문장으로 일세를 풍미하였다. 저서에 『금오신화』, 『매월당집』 등이 있다.

ㄱ ㄴ ㄷ ㄹ ㅁ ㅂ ㅅ ㅇ ㅈ ㅊ ㅋ ㅌ ㅍ ㅎ

낙관(落款) 글씨나 그림 따위에 작가가 자신의 이름이나 호(號)를 쓰고 도장을 찍는 일. 또는 그렇게 찍는 도장.

낙락장송(落落長松) 가지가 길게 축축 늘어진 키가 큰 소나무.

난동(暖冬) 예년보다 따뜻하여 포근한 겨울.

날새 날아다니는 새.

노르마(norma) 개인이나 공장에 할당된 노동이나 생산의 최저 기준량. 또는 각 개인에게 부과된 노동량.

노염(老炎) 늦더위.

누각(樓閣) 사방을 바라볼 수 있도록 문과 벽이 없이 다락처럼 높이 지은 집.

『노자』(老子) → 『노자도덕경』(老子道德經) 중국의 도가서. 춘추 시대 말기에 노자가 난세를 피하여 함곡관에 이르렀을 때 윤희(尹喜)가 도를 묻는 데에 대한 대답으로 적어 준 책이라 전하나, 실제로는 전국 시대 도가의 언설을 모아 한(漢)나라 초기에 편찬한 것으로 추측된다. 내용은 우주 간에 존재하는 일종의 이법(理法)을 도(道)라 하며, 무위(無爲)의 치(治), 무위의 처세훈(處世訓)을 서술하였다.

『논어』(論語) 유교 경전인 사서(四書)의 하나. 공자와 그의 제자들의 언행을 적은 것으로, 공자 사상의 중심이 되는 효제(孝悌)와 충서(忠恕) 및 '인'(仁)의 도(道)에 대하여 설명하고 있다. 7권 20편.

ㄱ ㄴ ㄷ ㄹ ㅁ ㅂ ㅅ ㅇ ㅈ ㅊ ㅋ ㅌ ㅍ ㅎ

다사롭다 따뜻한 기운이 조금 있다.

달아내다 덧대어 늘이다.

답청(踏靑) 봄에 파랗게 난 풀을 밟으며 산책함. 또는 그런 산책.

당구폐풍월(堂狗吠風月) '堂狗三年吠風月'의 준말로 서당개 3년에 풍월을 읊는다는 뜻이다.

당의정(糖衣錠) 불쾌한 맛이나 냄새를 피하고 약물의 변질을 막기 위하여 표면에 당분을 입힌 정제.

대상(代償) 상대편에게 끼친 손해에 대한 보상으로, 그것에 상당하는 대가를 다른 물건으로 대신 물어 줌.

대절(大節) 대의를 위하여 목숨을 바쳐 지키는 절개.

대증요법(對症療法) 병의 원인을 찾아 없애기 곤란한 상황에서, 겉으로 나타난 병의 증상에 대응하여 처치를 하는 치료법. 열이 높을 때에 얼음주머니를 대거나 해열제를 써서 열을 내리게 하는 따위가 이에 속한다.

도시(都是) 도무지.

도정(道程) 어떤 장소나 상태에 이르기까지의 과정.

독보(獨步) 교도소 안에서 재소자가 교도원 없이 혼자 다니는 일. 또는 그렇게 하는 사람.

동도서기(東道西器) 우리의 전통적인 제도와 사상인 도(道)는 지키되, 근대 서구의 기술인 기(器)는 받아들이자는 이론.

동량(棟樑) 기둥과 들보를 아울러 이르는 말.

『동의보감』(東醫寶鑑) 조선 시대에, 허준이 편찬한 의서(醫書). 동양에서 가장 우수한 의학서의 하나로 평가되며, 탕약편(湯藥篇)에는 수백 종의 향약명(鄕藥名)이 한글로 적혀 있다. 광해군 5년(1613)에 간행하였다. 25권 25책.

동의학(東醫學) 한의학.

두호(斗護) 남을 두둔하여 보호함.

들리다 귀신이나 넋 따위가 덮치다.

들배지기 씨름에서, 상대편의 샅바를 잡고 배 높이까지 들어 올린 뒤 자기의 몸을 살짝 돌리면서 상대편을 넘어뜨리는 기술.

등속(等屬) 나열한 사물과 같은 종류의 것들을 몰아서 이르는 말.

ㄱ ㄴ ㄷ **ㄹ** ㅁ ㅂ ㅅ ㅇ ㅈ ㅊ ㅋ ㅌ ㅍ ㅎ

루쉰(魯迅) 1881~1936. 중국의 작가. 본명은 저우수런(周樹人). 일본에서 유학하여 의학을 배우다가 문학으로 바꾸었다. 민중에 대한 사랑, 사회악과 인간악에 대한 증오 및 투쟁 정신이 작품 전체에 흐르고 있다. 작품에 『아큐 정전』(阿Q正傳), 『광인 일기』 등이 있다.

마우스피스(mouthpiece) 관악기에서, 입을 대고 부는 부분.

만델라(Mandela, Nelson Rolihlahla) 1918~. 남아프리카공화국 최초의 흑인 대통령, 흑인 인권운동가.

만인지상(萬人之上) 예전에, 정승의 지위를 이르던 말.

만장(滿場) 회장(會場)에 가득 모임. 또는 회장에 가득 모인 사람들.

맬서스(Malthus, Thomas Robert) 1766~1834. 영국의 고전파 경제학자. 과소 소비설(過少消費說) 및 유효 수요(有效需要)의 원리를 처음으로 설명하였으며, 1798년에는 유명한 『인구론』을 내어 인구의 자연 증가를 억제하여야 함을 주장하였다. 저서에 『경제학 원리』 등이 있다.

맬컴 엑스(Malcolm X) 1925~1965. 미국의 급진파 흑인해방운동가. 본명 맬컴 리틀(Malcolm Little). 블랙 모슬렘의 지도자였으나, 1963년 직접적 행동 방식을 택하는 블랙 내셔널리스트 운동을 전개했다. 종교와는 무관한 폭넓은 기반 위에서, 아프리카계(系) 미국 흑인통일기구를 설립하였고, 1965년 2월 21일 뉴욕에서 열린 인종 차별 철폐를 주장하는 집회에서 연설 중 암살당하였다.

『맹자』(孟子) 유교 경전인 사서(四書)의 하나. 맹자의 제자가 맹자의 언행을 기록한 것으로,「양혜왕」,「공손추」,「등문공」,「이루」,「만장」,「고자」,「진심」의 7편으로 분류하였다. 14권 7책.

면면하다(綿綿 —) 끊어지지 않고 죽 잇따라 있다.

명상(名相) 명재상.

모살(謀殺) 미리 꾀하여 사람을 죽임.

모신(謀臣) 모사(謀事)에 뛰어난 신하.

모표(帽標) 모자표(帽子標)의 준말.

목민(牧民) 임금이나 원이 백성을 다스려 기름.

몽매(蒙昧) 어리석고 사리에 어두움.

『목민심서』(牧民心書) 조선 순조 때 정약용이 지은 계몽 도서. 지방 관리들의 폐해를 없애고 지방 행정의 쇄신을 위해 옛 지방 관리들의 잘못된 사례를 들어 백성들을 다스리는 도리를 설명하였다. 48권 16책의 사본(寫本).

무구하다(無垢 —) 때가 묻지 않고 맑고 깨끗하다.

무의촌(無醫村) 의사 및 의료 시설이 없는 곳.

무정견(無定見) 일정하게 자신이 주장하는 의견이 없음.

문화빵 오늘날의 붕어빵과 같은 방식으로 굽는 꽃무늬가 있는 동그란 밀가루빵.

물리(物理) 사물의 이치. 본문에서는 비인간적인 삭막함을 의미함.

물신성(物神性) 사람과 사람의 사회적인 관계가 그가 소유한 물질과 물질의 관계로 나타나는 것. 또는 그렇게 보이는 사회 현상의 성격.

미나리아재비 미나리아재빗과의 다년초. 산이나 들에 나는데 줄기와 잎에 굵은 털이 있다.

미욱하다 하는 짓이나 됨됨이가 매우 어리석고 미련하다.

━━━━━━ ㄱ ㄴ ㄷ ㄹ ㅁ **ㅂ** ㅅ ㅇ ㅈ ㅊ ㅋ ㅌ ㅍ ㅎ ━━━━━━

바루다 비뚤어지거나 구부러지지 않도록 바르게 하다.

바위너덜 바위너설. 바위가 삐죽삐죽 내밀어 있는 험한 곳.

박토(薄土) 메마른 땅.

반공(半空) 반 공중.

반구정(伴鷗亭) 경기도 파주시 문산읍 사목리에 있는 조선 시대의 누정. 1449년 (세종 31) 황희(黃喜)가 87세의 나이로 18년간 재임하던 영의정을 사임하고 관직에서 물러난 후 갈매기를 벗삼아 여생을 보낸 곳이다.

반의(叛意) 배반하려고 하는 마음.

방약무인(傍若無人) 곁에 사람이 없는 것처럼 아무 거리낌 없이 함부로 말하고 행동함.

방종(放縱) 거리낌 없이 제멋대로 행동함.

밭다 마음이나 호흡이 가쁘고 급하다.

배소(配所) 죄인이 귀양살이를 하는 곳.

밸 '배알'의 준말. '배알'은 '창자'를 속되게 이르는 말.

백거이(白居易) 772~846. 중국 당나라의 시인. 자는 낙천(樂天). 호는 향산거사 (香山居士), 취음선생(醉吟先生). 일상적인 언어 구사와 풍자에 뛰어나며, 평이하고 유려한 시풍은 원진(元稹)과 함께 원백체(元白體)로 통칭된다. 작품에 「장한 가」, 「비파행」이 유명하고, 시문집에 『백씨문집』 등이 있다.

범려(范蠡) 중국 춘추 시대 월나라의 재상. 자는 소백(少伯). 회계산(會稽山)에서 패한 구천(句踐)을 도와 오왕(吳王) 부차(夫差)를 멸망시키고 후에 산둥(山東)의 도(陶)에 가서 도주공(陶朱公)이라고 자칭하고 큰 부(富)를 쌓았다.

범인(凡人) 평범한 사람.

범종(梵鍾) 절에 매달아 놓고, 대중을 모이게 하거나 시각을 알리기 위하여 치는 종.

벼리 일이나 글의 뼈대가 되는 줄거리.

보속(步速) 걷는 속도.

복재(伏在) 어떤 사실이 숨겨져 있음.

부관참시(剖棺斬屍) 죽은 뒤에 큰 죄가 드러난 사람을 극형에 처하던 일. 무덤을 파고 관을 꺼내어 시체를 베거나 목을 잘라 거리에 내걸었다.

부조(扶助) 남을 거들어서 도와주는 일.

분식(粉飾) 실제보다 좋게 보이려고 사실을 숨기고 거짓으로 꾸밈.

불입(拂入) 돈을 내는 것.

불편부당(不偏不黨) 어느 한쪽으로 기울거나 치우치지 아니하고 아주 공평함.

빈백(鬢白) 귀밑머리가 하얗다.

ㄱ ㄴ ㄷ ㄹ ㅁ ㅂ ㅅ ㅇ ㅈ ㅊ ㅋ ㅌ ㅍ ㅎ

사료(史料) 역사 연구에 필요한 문헌이나 유물, 문서, 기록, 건축, 조각 등을 이른다.

사변(思辨) 생각으로 사물의 옳고 그름을 가려냄. 철학에서, 경험에 의하지 않고 순수한 논리적 사고만으로 현실 또는 사물을 인식하려는 일.

사상(捨象) 유의할 필요가 있는 현상의 특징 이외의 다른 성질을 버리는 일.

사상의학(四象醫學) 조선 고종 때의 학자 이제마의 한의학설. 사람의 체질을 태양인, 태음인, 소양인, 소음인으로 나누어 각각의 체질에 맞게 약을 써야 한다는 이론이다.

사시장철(四時長 一) 사철 중 어느 때나 늘.

산방(山房) 산속에 있는 집. 또는 그 집의 방. 흔히 아호(雅號) 따위의 뒤에 쓰이어 '서재'(書齋)의 뜻을 나타내는 말.

산판(山坂) 나무를 찍어 내는 일판.

상략(商略) 장사를 하는 수단이나 방책.

상신(尙新) 더욱 새로운.

상춘(賞春) 봄을 맞아 경치를 구경하며 즐김.

생면부지(生面不知) 서로 한 번도 만난 적이 없어서 전혀 알지 못하는 사람. 또는 그런 관계.

생육신(生六臣) 조선 시대에, 세조가 단종으로부터 왕위를 빼앗자 벼슬을 버리고 절개를 지킨 여섯 신하. 이맹전, 조여, 원호, 김시습, 성담수, 남효온 또는 권절을 이른다.

석대(石臺) 돌을 쌓아 만든 밑받침.

선연하다(鮮然 —) 실제로 보는 것같이 생생하다.

선험(先驗) 경험에 앞서 선천적으로 가능한 인식 능력.

성정(性情) 성질과 심정. 또는 타고난 본성.

세전(歲前) 설을 쇠기 전.

소절(小節) 대의에 뜻을 두지 아니한 작은 절조.

소좌(少佐) 제2차 세계대전 때까지 일본에서 '소령'을 이르던 말.

소치(所致) 어떤 까닭으로 생긴 일.

손자병법 → 『손자』(孫子) 『오자』(吳子)와 병칭(倂稱)되는 병법 칠서(七書) 중에서 가장 뛰어난 병서로 흔히 『손오병법』(孫吳兵法)이라고 한다.

수사(修辭) 말이나 글을 아름답고 정연하게 꾸미고 다듬는 일. 또는 그 재주.

수인(囚人) 옥에 갇힌 사람.

수정(囚情) 수인들의 마음.

수택(手澤) 손이 자주 닿았던 물건에 손때가 묻어서 생기는 윤기. 또는 물건에 남아 있는 옛사람의 흔적.

순역(順逆) 순종과 거역을 아울러 이르는 말.

승고월하문(僧敲月下門) 스님이 달 아래 문을 두드린다는 뜻으로 '추고'(推敲)의 어원이 되는 고사이다. 밤의 정적을 표현함에 있어 "문을 민다"가 좋을지, "문을 두드린다"가 좋을지를 생각하다가 고관의 행차와 부딪쳤는데 사연을 듣고 난 고관은 추(推)보다 고(敲)가 더 좋다고 의견을 이야기하였다. 그런데 그가 다름 아닌 당대(唐代)의 대문장가인 한유(韓愈)였다는 고사이다.

시비(施肥) 거름주기.

시세(時世) 그 당시의 세상.

시숙(媤叔) 남편의 형제.

시종(始終) 처음과 끝을 아울러 이르는 말.

시중(時中) 수시처중(隨時處中)의 준말. 그 당시의 사정에 알맞음. 또는 그런 요구.

신변잡사(身邊雜事) 신변에서 생기는 자질구레한 잡일.

신원(伸冤) 억울하게 뒤집어쓴 죄를 씻어 줌. 사면.

신자유주의(新自由主義) 자유방임적인 19세기 자유주의가 가지는 결함을 인정하고 공공의 이익을 위해서 정부에 의한 사회 정책의 활동 범위를 확대하려는 사상. 사회주의에 대항하여 이상주의적 개인주의를 기조로 자본주의의 자유 기업의 전통을 고수한다.

신토불이(身土不二) 몸과 땅은 둘이 아니고 하나라는 뜻으로, 자기가 사는 땅에서 산출한 농산물이라야 체질에 잘 맞음을 이르는 말.

실지(失地) 빼앗겨 잃어버린 땅.

실학(實學) 조선 시대에, 실생활의 유익을 목표로 한 새로운 학풍. 17세기부터 18세기까지 융성하였으며, 실사구시와 이용후생, 기술의 존중과 국민 경제 생활의 향상에 대하여 연구하였다.

심근(深根) 깊이 뻗은 뿌리.

심기(心機) 마음의 움직임. 또는 그런 틀.

심동(深冬) 한겨울.

쑥국새 → 쑥꾹새 '뻐꾸기'의 방언.

ㄱ ㄴ ㄷ ㄹ ㅁ ㅂ ㅅ **ㅇ** ㅈ ㅊ ㅋ ㅌ ㅍ ㅎ

아라공(Aragon, Louis) 1897~1982. 프랑스의 시인·소설가. 다다이즘 운동, 초현실주의에 참가하였다가 후에 공산당에 입당하고 제2차 세계대전 중에는 반파

시즘 운동에 참가하였다. 작품으로 소설 『공산주의자』, 시집 『단장』(斷腸) 등이
있다.

안거(安居) 아무런 탈 없이 평안히 지냄.

알튀세(Althusser, Louis) 1918~1990. 프랑스의 마르크스주의 철학자. 마르크
스 이론의 구조론적 독해를 전개하여 그 이론의 현대적 재해석을 전개하였다. 저
서에 『자본론을 읽고』, 『마르크스를 위하여』 등이 있다.

앙드레 말로(Malraux, André) 1901~1976. 프랑스의 소설가·정치가. 중국 혁
명, 제2차 세계대전 중 반파쇼 운동에 참가하였으며, 제2차 세계대전 후 프랑스
의 문화 담당 국무 장관을 지냈다. 작품으로 『인간의 조건』, 『왕도』(王道) 등이
있다.

앞섶 옷의 앞자락에 대는 섶.

언언시시(言言是是) 잘못을 지적하거나 틀렸다고 말하는 법이 없음을 이르는 말.

에스컬레이션(escalation) 단계적인 점증, 상승.

여기(餘技) 전문적으로 하는 것이 아니라 틈틈이 취미로 하는 재주나 일.

여남은 열이 조금 넘는 수. 또는 그런 수의.

역리(逆理) 도리나 사리에 어긋남.

연전연승(連戰連勝) 싸울 때마다 계속하여 이김.

열독(閱讀) 책이나 글 따위를 읽음.

열락(悅樂) 기뻐하고 즐거워함. 불교에서, 이승의 욕구를 초월함으로써 얻어지는
정신적인 만족감을 이르는 말.

엽사(獵師) '사냥꾼'을 높여 이르는 말.

영병(營兵) 감영, 병영, 수영에 딸린 병사.

영지(領地) 영토(領土).

영치금(領置金) 교도소에 갇힌 사람이 교도소의 관계 부서에 임시로 맡겨 두는 돈.
교도소를 통하여 음식이나 물품을 구입하는 데 쓴다.

오연하다(傲然 —) 태도가 거만하거나 그렇게 보일 정도로 담담하다.

오월(吳越) 중국 춘추 전국 시대의 오나라와 월나라.

오의(奧義) 어떤 사물이나 현상이 지니고 있는 깊은 뜻.

오지랖 웃옷이나 윗도리에 입는 겉옷의 앞자락.

옥사(獄事) 반역, 살인 따위의 크고 중대한 범죄를 다스림. 또는 그 사건.

온축(蘊蓄) 속에 깊이 쌓아 둠. 또는 그런 것. 오랜 연구로 학식을 많이 쌓음. 또는 그 학식.

옹이지다 죽순에는 나뭇가지가 있던 자리에 생기는 옹이가 있을 리 없지만 대신 짧고 많은 마디가 있다. 본문에서는 죽순의 많은 마디가 마치 나무의 옹이와 같이 나무둥치를 단단하게 한다는 의미이다.

완물상지(玩物喪志) 쓸데없는 물건을 가지고 노는 데 팔려 소중한 자기의 본심을 잃음.

요설(饒舌) 쓸데없이 말을 많이 함.

우금치(牛禁峙) 1894년 11월 동학농민군이 관군과 일본군의 연합군을 상대로 전개한 격전지. 1994년 3월 17일 사적 제387호로 지정되었다. 충청남도 공주시 금학동(金鶴洞)에 소재한다.

우김질 우기는 짓.

우의(友誼) 친구 사이의 정의(情誼).

우정 '일부러'의 방언.

운위(云謂) 일러 말함.

원융하다(圓融 —) 한데 통하여 아무 구별이 없다.

월여(月餘) 달포.

위무(慰撫) 위로하고 어루만져 달램.

위병소(衛兵所) 위병이 근무하는 곳. 대개 부대 정문에 설치한다.

유원하다(幽遠 —) 심오하여 아득하다.

유허(遺墟) 오랜 세월에 쓸쓸하게 남아 있는 옛터.

육화(肉化) 자기 육신의 일부가 됨.

의제(擬制) 본질은 같지 않지만 법률에서 다룰 때는 동일한 것으로 처리하여 동일한 효과를 주는 일. 모조품, 또는 그것을 만드는 일.

이기(利器) 쓸모 있는 재능이나 물건.

이순(耳順) 생각하는 것이 원만하여 어떤 일을 들으면 곧 이해가 된다는 뜻으로, 나이 예순 살을 이르는 말.

이제마(李濟馬) 1838~1900. 조선 후기의 한의학자. 호는 동무(東武). 의학을 임상학적인 방법으로 체계화하여 수세보원(壽世保元)의 학설을 창안하고 사상의 학의 시조가 되었다. 저서에 『격치고』(格致藁), 『동의수세보원』(東醫壽世保元)이 있다.

익대공신(翊戴功臣) 조선 예종 원년(1468)에, 남이(南怡)의 옥사를 다스린 공으로 신숙주, 한명회 등에게 내린 훈호(勳號).

일머리 어떤 일의 내용, 방법, 절차 따위의 중요한 줄거리.

임관(任官) 사관 생도나 사관 후보생 또는 장교 후보생이 장교로 임명됨.

입보(入保) 보(堡) 안에 들어와 보호를 받음.

입신(立身) 세상에서 떳떳한 자리를 차지하고 지위를 확고하게 세움.

잉여(剩餘) 쓰고 난 후 남은 것.

ㄱ ㄴ ㄷ ㄹ ㅁ ㅂ ㅅ ㅇ **ㅈ** ㅊ ㅋ ㅌ ㅍ ㅎ

자모(慈母) 자식에 대한 사랑이 깊다는 뜻으로 '어머니'를 이르는 말.

재(才) 재목의 부피를 나타내는 단위.

재건복 5·16 쿠데타 후 '재건'이라는 말이 유행하면서 권장된 옷. 주로 넥타이를 매지 않는 5개의 단추가 달린 상의를 일컫는다.

저상(沮喪) 기운을 잃음.

적성(積成) 오랫동안 쌓음.

전방(轉房) 감옥에 갇힌 재소자를 한 감방에서 다른 감방으로 옮김.

전범(典範) 본보기가 될 만한 모범.

절해고도(絕海孤島) 육지에서 아주 멀리 떨어져 있는 외딴 섬.

점철(點綴) 흐트러진 여러 점이 서로 이어짐. 또는 그것들을 서로 이음.

정난공신(靖難功臣) 조선 단종 1년(1453)에 안평대군, 김종서, 황보인 등을 제거한 공로로 수양대군, 정인지, 한명회 등 43인에게 내린 훈호(勳號).

정다산(丁茶山) → 정약용(丁若鏞) 1762~1836. 조선 후기의 학자. 호는 다산, 사암(俟菴), 여유당(與猶堂), 자하도인(紫霞道人). 문장과 경학(經學)에 뛰어난 학자로, 유형원과 이익 등의 실학을 계승하고 집대성하였다. 신유사옥 때 전라남도 강진으로 귀양 갔다가 19년 만에 풀려났다. 저서에 『목민심서』, 『흠흠신서』, 『경세유표』 등이 있다.

정밀(靜謐)　고요하고 편안함.

조감(鳥瞰)　새가 높은 하늘에서 아래를 내려다보는 것처럼 전체를 한눈으로 관찰함.

조야하다(粗野 —)　말이나 행동 따위가 거칠다.

조춘(早春)　이른 봄.

주견(主見)　자기의 주장이 있는 의견.

준별(峻別)　매우 엄격히 구별함. 또는 그런 구별.

준열하다(峻烈 —)　매우 엄하고 매섭다.

중지(衆智)　여러 사람의 지혜.

지기(知己)　지기지우(知己之友). 자기를 잘 알아주는 참다운 친구.

지심(地心)　지구의 중심. 땅속 깊은 곳.

지천명(知天命)　하늘의 뜻을 앎. 쉰 살을 달리 이르는 말.

진지(陣地)　언제든지 적과 싸울 수 있도록 설비 또는 장비를 갖추고 부대를 배치하여 둔 곳.

　ㄱ ㄴ ㄷ ㄹ ㅁ ㅂ ㅅ ㅇ ㅈ **ㅊ** ㅋ ㅌ ㅍ ㅎ

착종(錯綜)　이것저것이 뒤섞여 엉클어짐.

찬술(撰述)　책이나 글을 지음.

책성(幘城)　산봉우리에 쌓은 성.

천수(天壽)　천명(天命).

천착(穿鑿)　어떤 원인이나 내용 따위를 따지고 파고들어 알려고 하거나 연구함.

첨병(尖兵)　행군의 맨 앞에서 경계, 수색하는 임무를 맡은 병사. 또는 그런 부대.

첩경(捷徑)　지름길.

청백리(淸白吏) 재물에 대한 욕심이 없이 곧고 깨끗한 관리. 역사에서, 조선 시대에 이품 이상의 당상관과 사헌부·사간원의 수직(首職)들이 추천하여 뽑던 청렴한 벼슬아치.

체 게바라(Guevara, Ché) 1928~1967. 쿠바의 정치가·혁명가. 카스트로(Castro, F)와 함께 쿠바 혁명에 참가하였으며 카스트로 정권에서 국립은행총재, 공업장관을 지냈다. 1965년부터 볼리비아에서 무장 게릴라 투쟁을 지도하다가 1967년 정부군에게 체포되어 총살되었다. 저서에 『쿠바에서의 인간과 사회주의』, 『게릴라전』 등이 있다.

총아(寵兒) 많은 사람에게 특별한 사랑을 받는 사람.

총화(總和) 전체의 화합.

추량(秋凉) 가을의 서늘한 기운.

추상같다(秋霜一) 호령 따위가 위엄이 있고 서슬이 푸르다.

추수(秋水) 가을철의 맑은 물.

추호(秋毫) 가을에 짐승의 털이 아주 가늘다는 뜻으로, 아주 적거나 조금인 것을 비유적으로 이르는 말.

춘궁(春窮) 묵은 곡식은 다 떨어지고 햇곡식은 아직 익지 아니하여 겪는 봄철의 궁핍. 또는 그것을 겪는 시기.

춘도생 만물영(春道生 萬物榮) 봄의 원리는 생명으로서 만물이 번영함.

출역(出役) 징역을 사는 재소자가 작업장으로 나감.

출역사동(出役舍棟) 작업장으로 출역하는 재소자들이 수용되는 사동으로서 낮에는 비어 있음.

측은지심(惻隱之心) 불쌍히 여겨 언짢아하는 마음.

치기(稚氣) 어리고 유치한 기분이나 감정.

치부(恥部) 남에게 드러내고 싶지 않은 부끄러운 부분.

치사(致仕) 나이가 많아 벼슬을 사양하고 물러남.

침습(侵襲) 나쁜 풍습, 유행, 사상, 전염병 따위가 침범하여 들어옴.

케인스 (Keynes, John Maynard)   1883~1946. 영국의 경제학자·언론인. 관리 통화 제도를 제창하였으며, 세계 대공황의 경험을 바탕으로 『고용·이자 및 화폐의 일반 이론』을 써서 '케인스 혁명'으로 불릴 정도의 커다란 반향을 일으켰고, 케인스학파를 낳게 하였다. 저서에 『화폐론』, 『전비(戰費) 조달론』 등이 있다.

타매(唾罵)   경멸히 여겨 욕함.

탈기(脫氣)   기운이 다 빠짐.

토방(土方)   민간요법.

토사구팽(兎死狗烹)   토끼가 죽으면 토끼를 잡던 사냥개도 필요 없게 되어 주인에게 삶아 먹히게 된다는 뜻으로, 필요할 때는 쓰고 필요 없을 때는 야박하게 버리는 경우를 이르는 말.

퇴은(退隱)   은퇴(隱退).

틈입자(闖入者)   기회를 타서 느닷없이 함부로 뛰어든 자.

패권(覇權)   어떤 분야에서 우두머리나 으뜸의 자리를 차지하여 누리는 공인된 권리와 힘.

편력(遍歷)   이곳저곳을 널리 돌아다님. 또는 여러 가지 경험을 함.

편언(片言)   한마디의 말. 또는 간단한 말.

편의대(便衣隊)   '편의'는 평상복이라는 뜻으로, 평상복을 착용하고 각종 모략·선전·파괴·암살·납치·습격 등의 게릴라 전법으로 정규군 작전을 돕는 부대. 예전에 중국에서, 사복 차림으로 적 지역에 들어가서 후방을 교란하고 적정을 탐지하던 부대.

편편약골(片片弱骨)   온몸이 다 약함. 또는 그런 사람.

포폄(褒貶) 옳고 그름이나 선하고 악함을 판단하여 결정함.

품 행동이나 말씨에서 드러나는 태도나 됨됨이.

프란츠 파농(Fanon, Frantz Omar) 1925~1961. 평론가·정신분석학자·사회 철학자. 식민지 해방 운동의 이론적 지도자로 제3세계의 독립 운동에 큰 영향을 끼쳤다. 저서에 『검은 피부, 하얀 가면』, 『지상의 저주받은 사람들』 등이 있다.

프랑스 혁명 1789년부터 1794년까지 프랑스에서 일어난 시민 혁명. 부르봉 왕조를 무너뜨리고 프랑스의 사회·정치·사법·종교적 구조를 크게 바꾸어 놓았다.

필관(筆管) 붓대.

필재(筆才) 글을 쓰는 재주.

핍진하다(逼眞 —) 실물과 아주 비슷하다. 사정이나 표현이 진실하여 거짓이 없다.

ㄱ ㄴ ㄷ ㄹ ㅁ ㅂ ㅅ ㅇ ㅈ ㅊ ㅋ ㅌ ㅍ **ㅎ**

하서(下書) 주로 편지 글에서, 웃어른이 주신 글월을 높여 이르는 말.

한갓되다 겨우 하찮은 것밖에 안 되다.

한명회(韓明澮) 1415~1487. 조선 세조 때의 문신. 자는 자준(子濬). 호는 압구정(狎鷗亭), 사우당(四友堂). 수양대군을 도와 김종서를 비롯한 여러 대신을 차례로 죽이고 단종을 몰아내는 데 공을 세워 좌익 공신 1등이 되었으며, 뒤에 사육신의 단종 복위 운동을 좌절시키고 그들을 주살하도록 하였다.

한온(寒溫) 날씨의 차고 따뜻함.

함의(含意) 말이나 글 속에 어떠한 뜻이 들어 있음. 또는 그 뜻.

합의제(合議制) 행정 기관의 의사를 여러 구성원이 합의하여 결정하는 제도.

해배(解配) 귀양을 풀어 줌.

해살(害 —) 해를 끼치다의 '해'(害)와 밉살맞다의 '살'을 합한 말.

허세(虛勢) 실속이 없이 겉으로만 드러나 보이는 기세.

호도(糊塗) 풀을 바른다는 뜻으로, 명확하게 결말을 내지 않고 일시적으로 감추거나 흐지부지 덮어 버림을 비유적으로 이르는 말.

호시(虎視) 호랑이가 노려봄. 큰 뜻을 품고 형세를 살핌.

호오(好惡) 좋고 싫음.

호한(冱寒) 심한 추위.

황희(黃喜) 1363~1452. 조선시대의 명신(名臣). 호는 방촌(厖村). 세종 때 18년간 영의정을 지내면서 농사법을 개량하고 예법(禮法)을 개정하는 등 문물제도의 정비에 힘썼으며, 어질고 깨끗한 관리의 표본이 되었다. 저서에 『방촌집』(厖村集)이 있다.

회계산(會稽山) 중국 절강성 소흥현에 있는 산.

회자(膾炙) 회와 구운 고기라는 뜻으로, 칭찬을 받으며 사람의 입에 자주 오르내림을 이르는 말.

후비(後備) 전투 태세를 갖춘 후방의 수비. 또는 그런 병사.

훈광(薰光) 봄철의 따뜻한 햇빛.

훈풍(薰風) 초여름에 부는 훈훈한 바람.

흉회쇄락 광풍제월(胸懷灑落 光風霽月) 북송(北宋) 시인 황정견(黃庭堅)이 주돈이(周敦頤)의 인품을 기린 글에서 유래. 가슴에 새긴 뜻의 맑고 밝음이 마치 봄날의 상쾌한 바람과 비 갠 뒤의 밝은 달과 같다는 뜻이다.

우리 시대의 아름다운 스승 신영복

우리 시대를 대표하는 양심적 지성으로서의 삶

1987년 6월 항쟁으로 분출한 민주화 운동의 열기가 아직 식지 않았던 무렵입니다. 1988년 8월 14일, 신영복 선생님은 이 세상 속으로 다시 돌아오셨습니다. 1968년 통일혁명당 사건으로 구속되었다가 1988년 8·15 특별사면 조치로 가석방되어 풀려나신 것입니다. 정확하게 20년 20일 만이었습니다. 27세의 청년은 어느덧 47세의 장년이 되어 있었습니다.

철저한 유폐와 차단 때문에 그 이전에는 이름조차 거의 알려지지 않았기에 선생님의 귀환은 가슴 저릿한 감동이었습니다. 특히 석방과 함께 출간된 선생님의 옥중 서한집 『감옥으로부터의 사색』이 독서계에 커다란 반향을 일으키면서 그 감동은 더욱 증폭되었습니다. 이 책을 두고 숱한 찬사가 이어졌습니다. 정양모 신부님은 이 책을 우리 시대의 큰 축복으로 여기셨고, 소설가 이호철 선생은 공자의 『논어』, 파스칼이나 몽테뉴의 수상을 읽는 맛에 비기면서 우리 나라의 수상록이나 수필문학 중에서 가장 탁월하다고 격찬하였습니다. 어떤 열성 독자는 한국의 루쉰이라고 부르기도 했습니다. 그후 이 책은 서점가의 장기 베스트셀러가 되었을 뿐 아니라 우리 시대의 고전으로 자리 잡기에 이르렀습니다.

선생님은 출옥 이후 줄곧 성공회대학교에서 정치경제학, 한국사상사 등을 가르치고 있는데, 선생님의 강의실은 노동자·교사 등 우리 사회의 여러 현장에서 분투하고 계신 분들로 항상 가득합니다. 얼마 전 실시된 '우리 시대의 지성인 베스트 5' 설문 조사에서 네티즌들은 신영복 선생님을 으뜸으로 선정하였습니다. 몇 해 전에는 서울대생들이 가장 존경하는 선배로 선생님을 꼽은 적도 있었습니다. 이처럼 신영복 선생님은 출옥 이후 오늘에 이르기까지 15년 동안 변함없이 젊은이들로부터 '우리 시대의 아름다운 스승'으로 존경받고 있습니다. 그 이유는 선생님께서 살아오신 길이 우리 시대를 대표하는 양심적 지성으로서의 삶을 여실히 보여 주고 있기 때문일 것입니다.

'교장 선생님의 아들'로서 태어나고 자란 어린 시절

신영복 선생님은 1941년 경남 밀양의 한학에 조예가 깊은 집안에서 태어났습니다. 고향은 경남 밀양이지만 태어나기는 아버지가 근무하던 경남 의령의 한 초등학교 교장 사택에서였습니다. 아버지는 대구사범학교 출신으로 일본인 교장 배척 운동에 가담하고 한글 연구 비밀 서클에 관계했다는 이유로 한때 해직당하기도 했던 분이셨습니다. 선생님이 다섯 살 되던 해 해방을 맞았는데 해방 당일 겪은 재미있는 에피소드가 있습니다. 동네 청년들은 다섯 살 꼬마이던 선생님에게 밀양 면소재지 초등학교의 교장 사택을 가서 지키고 있으라는 '명령'을 내렸습니다. 비 오고 바람 부는 밤이었습니다. 꺼질 듯 말 듯한 접싯불 하나 밝혀 놓고 꼬마는 제법 무서운 다다미방을 밤새 혼자 지켰습니다. 밤중에 횃불을 든 동네 청년들이 와서 이상 유무를 확인하고는 보급품(?)으로 자두 몇 개를 주고 갔답니다. 항일 민족 의식이 투철하셨던 아버지의 친구들로부터 '나중에 커서 일본 총독이 되라'는 농담을 들으며 자란 꼬마에게는 참으로 감격적인 해방의 밤이었습니다.

해방에서 6·25에 이르는 해방 공간은 어린 소년이 충분히 이해하기엔 어려웠던 격동의 시기였습니다. 어둠 속에 묻혀 들어와 서둘러 밤참을 해먹고 어디론가 황급히 사라지던 장정들의 두런두런하던 말소리와 발자국 소리, 밀양 남천교의 난간에 매달려 하굣길을 공포에 떨게 만들었던 빨치산의 머리들……. 뜻 모르고 겪었던 이런 장면들은 나중에 4·19 뒤 현대사를 공부할 때 그 당시를 추체험追體驗하면서 그 의미를 제대로 파악하게 됩니다.

가난하고 어려웠던 식민지 시절과 해방 공간의 격동에도 불구하고 '교장 선생님의 아들'로서 태어나고 자란 선생님의 어린 시절은 비교적 순탄하였습니다. 고향인 경남 밀양에서 초등학교, 중학교를 마치고 고등학교는 부산상고로 진학하였습니다. 학생 시절 선생님의 성적은 물론 우수하였으며 친구들에게 인기가 많았습니다.

응원단장으로 활약, 문학적 재능도 두드러져

초등학교 3학년 때 이런 일이 있었습니다. 학년 말에 통지표를 받아들고 하교하던 중 같은 반의 한 친구가 "너는 교장 아들이기 때문에 담임 선생에게 잘 보여서 1등이 되었지만 사실은 자기가 1등"이라며 따갑게 쏘아붙였습니다. 해방 후 일본에서 귀환한 그 아이는 나이도 두세 살 위였고 여러 면에서 조숙한 편이었습니다. 물론 당시 선생님의 아버지는 다른 학교에 계셨고, 그 아이의 말이 터무니없다는 것은 함께 있던 아이들도 잘 알고 있었습니다. 하지만 자의식 강한 소년이었던 선생님에게 그것은 충격이었습니다. 그후 그 친구의 집을 방문했을 때 거의 끼니를 거를 만큼 가난하다는 것을 알게 되면서 충격은 더욱 커졌습니다.

이 일이 있은 뒤 선생님은 학교에서 거의 고의적으로 벌을 자초하는 여러 가지 짓궂은 장난을 저지르게 됩니다. 복도에 꿇어앉아 있는 정도는 보통이고 어떤 때는 전교생이 볼 수 있도록 운동장 한가운데 꿇어앉아 있기도 했습니다. 이러한 일들 덕분(?)에 5학년 때는 일약 응원단장으로 발탁되었고 고등학교를 졸업할 때까지 계속 응원단장으로 활약하였습니다. 누나들과 형님을 따라 아버지의 장서를 읽으며 비교적 조숙한 독서를 했던 편인 선생님은 각종 백일장에서 빠지지 않고 입상하는 등 두드러진 문학적 재질을 드러내었습니다. 한글날 부산시 주최 백일장에서 시제詩題가 '지도'地圖였는데 분단의 아픔을 썼다고 칭찬받은 적도 있었습니다. 실업계인 부산상고에 진학한 것은 둘째까지 서울로 유학 보낼 형편이 아니었기 때문이었습니다. 선생님은 시인이던 국어 선생님의 강력한 권유로 서울대 상대 경제학과에 진학하게 됩니다. 그 선생님은 4·19 뒤의 교원노조 활동으로 5·16이 나자 구속되기도 하셨던 분으로 각별한 애정을 베풀어 주셨는데, 은행 입사 시험을 치르고 온 신영복 선생님을 불러서 그 이튿날의 면접을 포기하도록 설득하셨다고 합니다.

4·19를 온몸으로 겪다

선생님께서 대학에 다닌 시기는 1959년에서 1963년까지입니다. 4·19와 5·16을 재학중에 겪습니다. 신동엽 시인은 4·19를 잠시 푸른 하늘을 바라본 시절이라고 표현했습니다. 4·19 이전의 상황은 해방 공간의 열기가 6·25를 거치면서 완벽하게 초토화되고 난 이후 매카시적 반공주의의 광풍이 휩쓸아쳤습니다. 이러한 상황 속에서 모든 진보적 역량은 완벽하게 봉쇄되어 버렸습니다. 4·19를 계기로 이러한 역량의 일부가 표면으로 분출됩니다. 당시 대학 2학년이었던 선생님은 그 역사의 현장을 온몸으로 겪습니다. 4·19 당일 종암동의 학교에서부터 줄곧 스크럼을 짜고 시위 대열의 선두에 있었던 선생님은 경무대로 향하였습니다. 경무대 앞 효자동 전차 종점 부근에서는 이미 발포가 시작되어 사상자가 속출하고 있었습니다. 선생님의 가까운 선배 한 분도 거기에서 숨졌습니다.

4·19는 처음에 부정과 부패에 대한 항거라는 형태로 표출되었지만 그 뒤의 상황 전개는 보다 근본적인 사회 민주화와 통일을 추구하는 방향으로 상승 발전하였습니다. 4·19 이후 전개된 이러한 일련의 과정을 겪으면서 선생님은 당시의 지배 정권이 어떠한 세력이며 또 그 세력이 어떠한 계층을 억압하고 있는가를 깨닫게 됩니다. 또한 어린 시절 체험하였던 해방과 분단과 전쟁의 의미를 통틀어 고민하며 재인식하게 한 전기였습니다.

그러나 푸른 하늘에는 다시 먹구름이 드리워졌습니다. 5·16 군사쿠데타가 일어나 4·19 혁명의 성과를 일거에 짓밟아 버립니다. 정권을 장악한 군부 세력은 친미·반공을 기조로 한 '조국 근대화'의 기치 아래 일본과의 국교

재개, 월남 파병 등을 강행하며 독재의 길을 닦습니다.

선생님은 2학년 때부터 학교 연구실에서 거의 기거하다시피 하며 생활했는데 학업에 열중했을 뿐 아니라 『상대평론』의 편집위원, 『상대신문』의 기자로 있으면서 시, 논문을 기고하고 만화를 그리기도 하는 등 다재다능하였습니다. 연구실에 붓과 벼루를 가져다놓고 붓글씨를 썼으며 친구들에게 붓글씨로 편지를 쓰기도 한 다정다감한 청년이었습니다. 4·19 이후인 3학년 때부터는 학회와 써클 활동에 열심이었습니다. 주로 후배들의 세미나 지도를 도맡아 서울대 상과대학만이 아니라 고대, 연대, 이대 등의 세미나 써클에 참여하거나 지도했으며 대학생 종교 단체, 공장 야학 등에도 직·간접으로 관계하였습니다.

해방 이후 남한의 정권은 정통성도 없었고 식민지 경제 구조도 그대로 확대 재생산되고 있었습니다. 이러한 상황에서 부정부패의 만연과 빈부 격차의 확대는 자본주의적 개발 방식의 한계와 모순을 쉽게 느끼게 하였습니다. 대학원에 진학하여 그 문제를 보다 깊게 천착하게 된 선생님은 마르크스주의를 자본주의의 분석과 극복에서 가장 정합적인 실천 과학으로 받아들이게 됩니다.

'통일혁명당 사건'으로 구속

여러 선생님들로부터 고루 애정을 받았던 선생님은 대학원을 졸업하던 1965년부터 숙명여대에서 강의를 시작하여 1966년부터는 육군사관학교 교관으로 근무하게 되었습니다. 장래가 촉망되는 경제학도였습니다. 그러나 이제까지 순탄했던 선생님의 삶을 뒤흔드는 사건이 일어납니다.

1968년 8월 24일 당시 중앙정보부는 '통일혁명당 간첩단 사건'을 발표하였습니다. 당면 목표로 "민중민주주의혁명을 수행, 반봉건적 사회 제도를 일소하고 민주주의 제도 수립, 민족 재통일 성취"를 내걸었던 통일혁명당은 4·19 이후 소생한 진보 세력이 사회의 근본적 변혁을 위해 시도한 전위정당 건설의 성격을 일정 부분 띠고 있었습니다. 그러나 중앙정보부는 통일혁명당을 "북괴의 무력적화 통일 노선에 따라 결정적 시기를 만들어 민중 봉기와 국가 전복을 꾀한 북괴의 지하당 조직"으로 몰았습니다. 200여 명에 이르는 민주화 운동 인사들이 여기에 연루되어 조사받거나 구속되었습니다.

육사 교관으로 있던 중 구속된 선생님은 육군고등군법회의에서 두 번의 사형 언도 끝에 최종적으로 무기징역형을 선고받았습니다. 감형은 매우 이례적이었는데 당시 박희범, 이현재 교수 등 선생님을 아끼던 은사들이 법정에 출두하여 증언하는 등의 구명 운동 덕분이었습니다. 당시의 사회적 분위기로는 통일혁명당 사건에 변호인측 증인으로 법정에 출두한다는 것 자체가 대단한 용단이었습니다.

무기징역, 끝이 보이지 않는 어두운 동굴 속에서

무기징역은 끝이 보이지 않는 어두운 동굴이었습니다. 감옥은 세상의 힘에 밀리고 밀려 쓰러진 인생의 끝동네이자 삶의 밑바닥입니다. 그러나 감옥은 한 사회의 모순 구조를 가장 적나라하게 반영하고 있다는 점에서 세상의 복판, 역사의 복판이기도 합니다. 선생님에게 감옥은 그동안 창백한 지식인으로 살아온 삶의 관념성을 뼈아프게 반성케 하는 공간이자 밑바닥에 있는 사람들의 삶을 배우고 그들과 더불어 함께 사는 법을 익히는 학교였습니다. 감옥 속에서 수많은 사람들과 그들이 온몸으로 헤쳐 온 육중한 체험에 부딪히면서 그동안 쌓아온 지식이 참으로 초라하고 가벼운 것임을 깨닫게 되며 인간과 사회와 역사를 새로운 눈으로 읽게 됩니다. 그것은 사고와 인식의 체계를 추상적 개념과 단어들 대신에 구체적인 사람의 얼굴로 채우는 과정이었으며 "바른손 중지中指의 펜에 눌려 생긴 굳은살이 사라지고 이제는 구두칼을 쓰느라 엄지 끝에 제법 단단한 못자리가 잡혀 가는" 자기 개조의 길이었습니다.

선생님은 이처럼 치열한 자기 성찰의 결정들을 가족에게 보낸 엽서 편편에 담았습니다. 그 속에서 우리는 모진 아픔의 세월을 견딘 한 반듯한 인간의 초상을 만날 수 있으며 우리 시대의 고뇌와 양심을 읽을 수 있습니다. 연꽃이 진흙 속에서 꽃봉오리를 피워 올리듯 선생님은 자기 자신을 가장 낮은 밑바닥에 세우면서 감옥의 벽을 뛰어넘는 견고한 정신의 영역을 일구었던 것입니다. 그렇게 스무 해 스무 날이 지나고 드디어 1988년 8월 14일, 굳게 닫혔던 전주교도소의 철문이 열리면서 선생님은 눈부신 햇빛 속으로 걸어 나오셨습니다. 대학 시절 은사였던 변형윤 선생께서는 출옥 후 옥중 서간들을 묶어 낸 책 『감옥으로부터의 사색』 출판기념회에서 이렇게 말씀하셨습니다

"우리는 한 뛰어난 경제학자를 잃었지만 그 대신 길이길이 남을 큰 사상을 얻게 되었습니다."